한실 문예창작 동인지 제11집

마냥 좋아서

마냥 좋아서

1판 1쇄 : 인쇄 2016년 7월 25일
1판 1쇄 : 발행 2016년 7월 28일

지은이 : 한실 문예창작
펴낸이 : 서동영
펴낸곳 : 서영출판사

출판등록 : 2010년 11월 26일(제25100-2010-000011호)
주소 : 서울특별시 마포구 서교동 465-4, 광림빌딩 2층 201호
전화 : 02-338-0117 팩스 : 02-338-7161
이메일 : sdy5608@hanmail.net

그 림 : 박덕은
디자인 : 이원경

ⓒ2016 한실 문예창작 seo young printed in seoul korea
ISBN 978-89-97180-66-0 04810
ISBN 978-89-97180-00-4(set)

한실 문예창작 동인지 제11집

마냥 좋아서

2016 · 서영

머리말

1989년 1월에 문을 연 한실 문예창작이 어느덧 동인지가
11집을 펴내기에 이르렀다.

여러 가지 이유로 항상 출간을 주저하곤 했으나, 동인지
제1집부터 지금까지 여러 문우들의 따스한 마음과 격려의
힘으로 순탄하게 발간이 진행되어, 이제 어엿한 동인지의
튼실한 자리를 확보하게 되었다.

한실 문예창작 문학 동아리는 1989년부터 2016년 지금
까지 28년 동안 336명째 작가를 배출하고 있다. 문학회는
향그런 문학회, 부드런 문학회, 탐스런 문학회, 온스런 문학
회, 덕스런 문학회, 포시런 문학회, 꽃스런 문학회, 꿈스런
문학회가 서로 경쟁하듯 성장하고 있다.

지금까지 전국 규모 문학상도 132개나 수상했고 작품집
은 50여 권이나 출간했다. 즉, 미래에셋 예술문학상 대상(
김태현), 직지 문학상 대상(최세환), 목포 문학상 동화 대상(정
은희), 뇌연구원 문학상 대상(최세환), 곡성 문학상 대상(강창

우, 이혜정), 충주문학상 장원(신명희, 김지현, 김정순, 이수진, 김부배, 김영순) 등을 비롯하여, 국민일보 신춘문예(김숙희), 지구사랑 문학상(김부배, 강현옥, 이호준, 이담, 김재원, 이인환), 매일 시니어 문학상(최세환, 이순복), 정읍사 문학상(장헌권), 다독다독 문학상(정경옥), 비바비 문학상(황애라), 용아 박용철 전국 백일장(김영순, 이호준, 황애라, 배종숙, 장헌권, 박덕은), 안양 창작시 문학상(김부배, 황애라), 부산 문화글판 문학상(장헌권), 전국장애인 문학상(조경화), 한겨레21세기 문학상(장헌권), 샘터 문학상(전지현), 빛창 문학상(강현옥, 황애라), 어린이동아일보 문예상(강창우), 겨드랑이 클리닉 문학상(이강수), 의정부 문학상(강순옥), 그루비 문학상(배종숙), 곡성 문학상(이혜정, 임진숙, 이인환, 최세환, 박세연, 강창우, 강승우, 김영희, 박건우), 폭력예방교육 슬로건(박용훈, 박덕은), 효 사랑 문학상(신명희), 경북일보 문학대전 문학상(황애라), 교정학술문예 문학상(신명희), 한민족 통일 문예제전 문학상(강현옥, 황애라), 한양대 ERICA 문학상(황애라), 직지 문학상(신명희), 하동국제문화제 문학상(이지윤, 황애라), 나누리병원 문학상(황애라), 공작산생태숲 문학상(박건우), 미래에셋 예술문학상(신명희) 등을 수상했고, 신인 문학상(노연희, 이삼순, 임영희, 정달성, 황혜란, 이수진, 설미애, 김영순, 배종숙, 강순옥, 이인환, 김부배, 이영희, 최선화, 김이향, 유양업, 최길숙, 이미자, 김태현, 최세환, 박세인, 김송월, 김관훈, 전춘순)도 24명이나 타게 되었으며, 시집(장헌권, 배종숙, 이수진, 최길숙, 김부배, 이인환, 이후남, 고영숙, 전금희, 전춘순, 유양업, 김영순, 박봉은) 12권, 수필집(최세환, 유양업, 고영숙) 3권을 각각 펴내는 등 활발한 창작 활동을 줄기차게 펼쳐 오고 있다.

참 멋지지 않은가!

평범한 주부들, 정년퇴직한 남성들, 직장인들이 대부분인 한실 문예창작 문우들과 작가들이 전개하고 있는 창작 열정은 정말 흐뭇하고 자랑스럽지 않을 수 없다.

이들의 창작 지도를 맡고 있는 지도 교수로서, 뿌듯한 보람을 느낀다. 행복하다.

앞으로도 수년 간 이 아름다운 열매, 신선한 산책은 계속 이어지리라 믿는다.

우리 문학 동아리에서 굵직한 문학상과 노벨 문학상 수상 작가가 나올 때까지 올곧게 이 길을 걷고 싶다.

나아가, 이 땅에서 살아가는 모든 현대인들이 누구나 글을 쓰는 삶을 살아가도록 돕고 싶다. 그래서 국회의원도, 장관도, 경찰도, 판사도, 검사도, 군인도, 공무원도, 노숙자도, 학생도, 할머니도 다 같이 시를 쓰고 시집을 펴내는 세상이 되도록 징검다리가 되어 주고 싶다. 우리의 꿈이 너무 큰가. 어쨌든 그런 꿈을 꾸며 살아가고 싶다.

- 화창한 2016년 여름날 아침 박덕은 문학관, 박덕은 미술관에서

한실 문예창작 지도 교수 박덕은

(문학박사, 문학평론가, 시인, 소설가, 수필가, 동화작가, 화가)

제1지부 향그런 문학회

제2지부 부드런 문학회

제3지부 포시런 문학회

제4지부 온스런 문학회

제5지부 탐스런 문학회

제6지부 꿈스런 문학회

제7지부 덕스런 문학회

박덕은 作 [달이 떠있는 숲](2016)

한실 문예창작
회원

가브리엘 김시훈

봄동산 김미경

고운빛 이명희

골드선명 명금자

공주 장아름

귀공자 장영근

그레이스 전숙경

그루터기 황혜란

글꽃 이강은

꽃노래 강창우

꽃술 강보미

꽃향기 장래진

꽃활짝 최길숙

꿈길 강승우

꿈소년 김복섭

꿈송이 박세연

나무 임진숙

나율 김서윤

낭만여행 양성진

높은음자리 김태현

단아 정경옥

동그라미 전지현

땅콩 손수영

목련 임영희

물망초 이인환

물안개 이수진

별바라기 김혜숙

별이로다 서동영

보물섬 박창은

복수초 정동신

봄봄 박상은

봄처녀 이순복

빈하수 최승벽

빛방울 정점례

사랑초 김해숙

산들바람 이은상

세영보다 이영희

솔숲 이은정

숲속의공주 김미경

스스로 김이향

스틸리아 임희정

시암골 최세환

신선초 강순옥

신세계 설미애

아라 이후남

아이비 김숙희

아정 김영순

야나 유양업

어린왕자 김진호

여경 고영숙

여원 송옥근

연꽃 노연희

연우 박건우

오뚝이 김영례

오로라 강현옥

옥구슬 황귀옥

운거 이호준

웃는달성 정달성

웅고 조정일

월암 이삼순

유심 정연숙

은곡 배종숙

은달빛 정예영

전설의영웅 박봉은

지평선 전금희

진달래 나은희

진주 고명순

채송화 채승아

첫사랑 김부배

청포도 정순애

초곡 최기숙

초롱꽃 최선화

초종교 권태희

치우 신명희

코람데오 조경화

토끼마녀 정은희

팽이 이강수

퍼즐왕 박범우

푸른호수 황애라

풀방구리 이미자

플로라 김송월

핑크마마 이혜정

함박웃음 장종섭

해꽃 이지윤

헌책 장헌권

호수 김영자

베로니카 손영란

베타 김인숙

에메랄드 김미자

청향 왕향주

2015년 시화전

낭만과 시심이 너울대는

한실문예 창작 시화전

지도 교수 강의 모습

차 례

마냥 좋아서

노인의 봄

- 강현옥

동공 흐려지는 날에는
죽은 줄 알았던 허연 각질의 뿌리들이 꼼자락댄다
빼꼼히 열려진 창문 틈으로 햇살 한줌
비집고 들어오는 날에는
자다가도 몇 번씩 앙상한 손끝으로
고랑 일구어 물길까지 낸다

온기 잃은 작은 방
짜디짠 목소리만 둥둥 떠 있는 식은 밥상머리에
따스한 입김으로 잔물지는 모래밭
개켜 놓은 모시자락 한편으로 밀고
합죽이는 입술 있는 힘 모아
오늘이 어제 같고 어제가 내일 같은
옅은 미소 띄운다.

박덕은 作 [노인](2016)

매달려 피는 꽃

― 강현옥

퉁퉁 부은 눈물바구니 싹둑 잘린 어느 날
누군가 흘리고 간 짝짝이 신발들이
구멍난 운명을 점치고 있고
경적 소리는 두툼한 블록 위에 상처 난 몸을 와르르 쏟아낸다
열뜬 몸은 끝도 없는 술래잡기로 뱅글거리고
겨우 저 닮은 향기 껴안고 가로등 불빛 아래 잠든다
아니라고 손사레를 쳐보아도 아무런 미동도 없다
동 트자 몸 비틀어 따스한 햇살 길을 내준다
축축한 두려움이 꼬들꼬들 말라간다
눈물이 마르자 꽃잎이 한 뼘 이상 커져 간다
그 길이만큼 고개 숙인 어깨가 하늘로 향한다
축 처진 발걸음도 이따금 총총 뛰어오르고
등에 업힌 손을 흔들며 까르르 웃는다
물오른 손을 날마다 흔들어 주며, 그 빛깔로 채색되어 간다
내일을 읽을 수 없는 꽃은
그저 받침이 되어줄 뿐 말이 없다.

박덕은 作 [꽃](2016)

세탁기

- 고명순

먼지투성이 된
하루를 돌린다
철썩철썩

옷자락에 박힌
상처도 돌린다
철썩철썩

어긋나 비뚤어진
교만도 돌린다
철썩철썩

부딪히며 할퀴어진
영혼도 돌린다
철썩철썩

순수가 환히
웃을 때까지
철썩철썩.

박덕은 作 [철썩철썩](2016)

휴가

- 고명순

주섬주섬 배낭 속에
여유 채우고
달콤한 시간 속으로
걸어간다

오늘만은
활짝 핀 꽃이 되어
맘껏 태양을 즐기고
실컷 초록을 마셔 보자

큰 대자로 누워
하나둘 별을 세면
모깃불은 토닥토닥

어둠을 밀어내고
추억은 소담소담
가슴에 채워진다

두고 온 일상은
아직도 가방 안에서

기웃대는데

눈짓은
애써
모른 척한다.

박덕은 作 [모깃불](2016)

아직 살아야 할 이유

- 고영숙

입김 뎁힌 붓자루에
묻어나는 고독
향기로 가둔 채
숨죽이며 끌어안은 화폭
은빛 세상 늘어놓고
머언 발치 한 올 바람에
지순한 사랑 흔들어 깨운다

어느 눈빛 닮은 외로움 너머로
마음 적신 시집
윤기 난 겨울 노래 깃발 올리고
인연의 길목에 그림 한 점
계절의 빛깔로 우러나
활활 날아오른
열정의 노을이듯 아름다움이어라.

박덕은 作 [열정의 노을](2016)

섬진강

- 고영숙

바람난 봄뒢 위에 일어난 멍울들로
잔물결 수심 속에 꽃차일 내리덮고
간직한 무언의 약속 뿜어대는 매화향

오백 리 헤엄치는 검푸른 함성 따라
하동의 재첩 노래 입맛에 당길 즈음
훈풍의 뜨거운 불씨 열병처럼 번지네

수줍게 피어나서 뚝방길 희끗대면
덧없는 음계들이 속살로 파고들어
그 환한 노을길 따라 도도하게 흐르네.

박덕은 作 [섬진강](2016)

첫눈

흰 눈이 내려요
거친 길을
부드럽게 해주는
향긋한 로션이 내려요.

동인지 제11집

박덕은 作 [첫눈](2016)

호접난

- 강순옥

누굴까
가게 앞 화단에
오도마니 앉아 있네

서로 눈빛을 마주보는 순간
빙긋이 내민 손

탐스런 난 화분에
깨알 같은 엽서 한 장

누굴까
진한 향기 코끝에
취하고 또 취하네

두근두근 떨리는 맘으로
설레임 들으려 하는데

기다리는 맘 들켜 버린 것처럼
찻잔 위 붉어져 버린 얼굴
어쩌나 어쩌나.

박덕은 作 [호접난](2016)

이제야 알았네

- 강순옥

긴 겨울 송이송이
나목에 달린 산수유 눈꽃이
빨갛다는 걸

뽀송뽀송한
동생 손 꼭 잡고 뽀드득 뽀드득
발그림자 장단 맞춰 밟았던 길이
환한 달빛 따라 금잔화 달맞이 추억 실어 놓고
걷는 소릿길이다는 걸

앞산 부엉이 부엉부엉 울 때
외로움이 그리움 찾아
동구 밖 고살 겁쟁이처럼
떨면서 간다는 걸

눈밭에 누운 별빛이
하얀 집의 시심 뜨락에서
밤새 노래한다는 걸.

박덕은 作 [시심 뜨락](2016)

지각

– 강승우

해님이 반겨 주지만
웃을 수 없어요
구름이 말을 걸지만
대답할 시간이 없어요

선생님의 얼굴이
해님처럼 빨갛게 익어가고
나의 얼굴은
구름처럼 하얗게 변해가요

나의 입은
조개처럼 다물어지고
선생님의 말씀은
겨울밤처럼 길어져요.

박덕은 作 [지각](2016)

학원 안 간 날

― 강창우

참새가 짹짹짹
이야기하고 가래요

바람이 솔솔솔
머물다 가래요

해님이 쨍쨍쨍
뛰놀다 가래요

시간은 또각또각
집으로 되돌아가래요

내 가슴은 조마조마
작아지네요.

박덕은 作 [참새](2016)

그리움

- 김미경(봄동산)

아빠는
아직 오지 않는다

마루 끝에 잡아뒀던 해는
하품하며 어슬어슬 뒷걸음질치고

떠나기 전 손 안에 쥐어준 약속은
하루하루 꼽은 손가락에
부화되지 못한 새가 되어 갇혀 있다

엄마는 빨랫줄에 한없이 널린 기다림 거두며
푸석해진 입술에 흐르는 설움도 함께 개켜
후미진 장롱에 빗장을 건다.

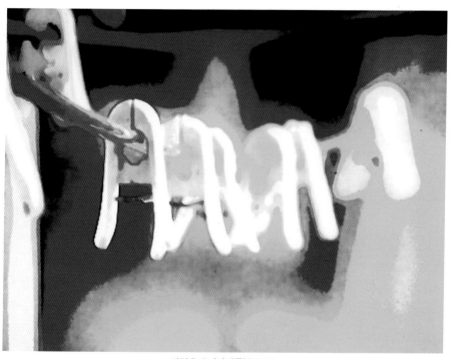

박덕은 作 [빨랫줄](2016)

음악 분수대

— 김미경(숲속의공주)

춤추는 물보라
꽃향기처럼
내리면

그 뒤켠에
꿈꾸는 노래가
무지개로 뜬다.

박덕은 作 [음악 분수대](2016)

연정

― 김부배

앞마당 매화나무 학 홀로 내려앉자
고요히 흔들리네 사립문 바람결에
꽃잎도 그 마음 같아 몰라 몰라 어쩌나.

박덕은 作 [매화](2016)

사랑

- 김부배

가슴에 묻었던 사연들
바람에 끌려와
터벅터벅 비틀댄다

잡은 손 놓칠세라
상념의 초겨울 속으로
홀로 걸어간다

차마 끊지 못한 햇살처럼
반기우는
참 고운 님 찾아

길섶엔
언제나 그렇게
늦은 꽃 한 송이 향기로 퍼지는데

아래로 아래로 숨죽여 흐르는
가녀린 꿈
저리 시린 세월로 품어 안는데.

박덕은 作 [길섶](2016)

고드름

- 김서윤

눈이 와요
쌓이고 쌓였어요

아침에 보니
처마에 고드름이 달려 있어요

아주 길어요
당근보다 길어요

다음날은 더 길어요
하늘에 닿을 것 같아요

마치 은빛 당근 같아
토끼들이 몰려올 것 같아요.

박덕은 作 [고드름](2016)

열정

― 김송월

장미로
술을 담아
빚으니

그리움의 잎새에
달콤한 연민
쿨쿨거리고

배배 꼬이는
불덩이 같은
신바람으로

빙글
빙글
돌아간다

끼를 무쳐 버무려
이글거리는
눈빛

터질 듯
붉은 외침을
쏟아낸다.

박덕은 作 [열정](2016)

등대

- 김송월

외로움 한 점 나부끼다 허공 감싸고
잔잔한 바람은 일렁이다
망망대 가을빛 윤기 되어 흐르고

고고히 떠돌다
허우적이는 꿈결은
귀향을 서두른다

고요 속에 유영하는 추억들은
발가벗은 몸뚱이로 마음 지펴
물빛으로 해수면을 수놓는다

계절을 서성이던 하얀 새는
광채가 흐드러지게 뿜어져 내리는 날
둘둘 말린 파도 소리 풀어헤쳐
해설픈 짝짓기를 시작한다.

박덕은 作 [등대](2016)

채송화

- 김숙희

황혼녘
바라보는
마음자락에

한때는
청초한 향기로
열정 뿜어내어

푸른 빛살로 젖어드는
색색의 그리움
키우다가

풋풋한 시선으로
시간과 공간을
훌쩍 뛰어넘어

한 시절
사랑을 묻는
향수 불러일으켜

소중한 인연이라 말하며
다시 손잡은
추억의 노래.

박덕은 作 [채송화](2016)

법수면의 아침

- 김숙희

청보릿빛 바람이
불어온다

꽃양귀비와 야생화 향기
그득한 솟대길로

팔 벌려 하늘대는
푸르름 따라

기분 좋게
추억의 발자국 찍어 가며

빙빙 도는 그림 한 폭
산책로에 그려내며

금영화 어루만지던 가슴자락엔
뻐꾹뻐꾹 소리 청명히 새기며.

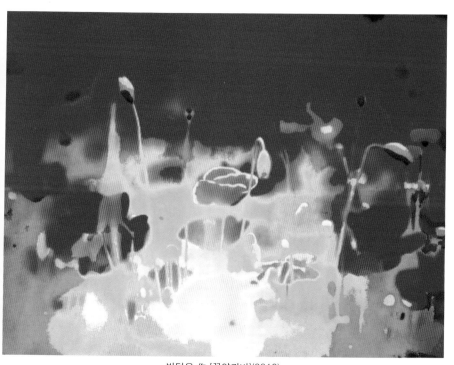

박덕은 作 [꽃양귀비](2016)

고드름

- 김시훈

길고 긴
장난감

반짝반짝
별처럼 빛나지

하나 뚝 떼어
재미있는 칼싸움 할까

꼭지 매어
망원경을 만들까.

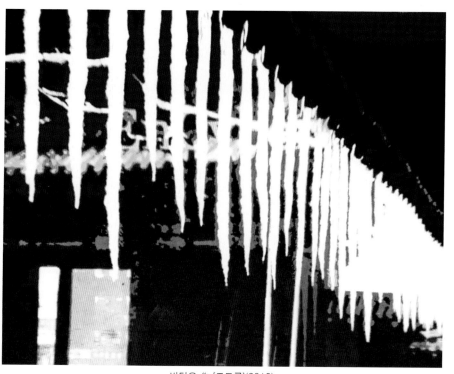

박덕은 作 [고드름](2016)

민들레

- 김영례

작년에도 올해도
살 수 없는
자갈밭에서

콩알만 한 얼굴로
너도 나처럼
고개 들어 웃고 있구나.

박덕은 作 [민들레](2016)

길

- 김영례

험한 비바람 길
마다하지 않고
달려왔다

또
다시
시작이다.

박덕은 作 [길](2016)

산안개

- 김영순

푸르러 깊은 계곡 싱그런 꿈길 따라
하얗게 피어오른 수채화 품안에서
산허리 휘감아 돌며 젖어드는 그리움

산바람 햇살이랑 선잠 깬 구름이랑
모롱이 초록 미소 살포시 감싸안네
아련히 아롱거리며 칭얼대는 추억처럼

야릇이 스멀스멀 내뿜는 연민 탓에
수줍은 떨림으로 정겹게 따라오나
올올이 뽑아 올리는 신비스런 꿈 타래.

박덕은 作 [산안개](2016)

윤슬

- 김영순

갯바람 도란도란 햇귀깃 소곤소곤
발걸음 사분사분 치맛폭 살랑살랑
외로움 만지작거려 쏟아내는 설레임

흰 이마 새초롬히 은은한 은빛 무늬
은하수 내려왔나 수면에 반짝반짝
겹겹이 층층 이루며 눈부시게 찰랑찰랑

하늘빛 은근슬쩍 다정히 토닥토닥
머릿결 윤기나게 해맑게 남실남실
참으로 멋스러워라 꿈결같은 춤사위

박덕은 作 [윤슬](2016)

오월 첫날

- 김영자

이팝꽃 새하얀 웃음이
가로수마다 걸려 있다

펜션 앞 아보카도의 부드러움이
연둣빛 짙어가는 향수를 쪼고 있다

무릎 맞대고 마주보며 앉으면
우린 서로 닮은 꼴이지만
너무나 다른 눈빛 사이

여기 저기 부딪히며
아쉬움의 속눈썹으로
뚝뚝 떨어진다

아무도 모르게
푸른 옷깃 사이로
오랫동안 둥지 튼 더듬이들처럼

가시광선 들이치고
폭우에 창백히 시들어 가는

몸뚱이들처럼

아래로 아래로
두레박을 내려놓는다

지금은
새하얀 모시 쟁반 위에
푸르름의 꽃대를 꼿꼿이 세우고

산목련 노랗게 발목 부풀리는 날
허기진 가슴팍 날선 발자욱에
붉은 울음의 신열을 삼킨다.

박덕은 作 [산목련](2016)

보름달

- 김영자

밤하늘엔
이쁜 자궁이
있나 보다.

박덕은 作 [보름달](2016)

그날

- 김이향

뙤약볕이 닻줄에 묶여 있고
그 속으로 추억이 숨어들고
즐거움이 헤엄치며 우르르 달려다니던
그날

발가락은 간지러움의 깊이를 재고
두근대며 붉어진 호흡을
그림자 위에 가만히 올려놓았던
그날

잘게 부서진 시간이
그 끝에 꼬리를 달고
하얗게 달려들면
바다 한구석을 몰래 가슴에 쓸어 담았던
그날.

박덕은 作 [그날](2016)

봄밤

- 김해숙

홀로
덩그마니

앉아 있던
향그런 옛정

총총 걸음으로
밝은 달마중하니

하얀 미소
휘영청 넘실대네.

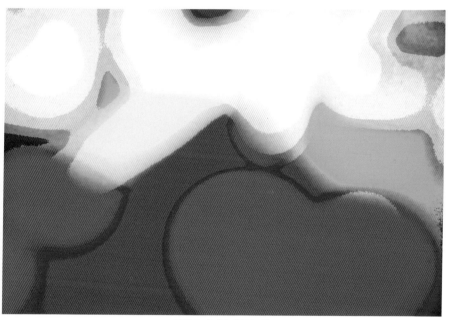

박덕은 作 [봄밤](2016)

불면의 새벽

- 김태현

내일을 들이마시는 기도에 빨간 신호가 켜지고

가슴이 누렇게 가렵다 기침이 난다

하늘이 날아다닌다

그 그림자를 안고 뒤척이면

침대 모퉁이에 꾸부라진 어둠이

축축하게 눌러붙는다

그의 허리를 한 숟갈 떠서 먹어 본다

찐득한 냄새가 입안 가득 퍼진다

곰팡이로 얼룩진 유희를

눅눅한 얼굴의 초침에게도 가르쳐 주었다

훌쩍 놓쳐 버린 밤 사이엔 별이 뜨지 않았다

마모된 기침이

그림자가 깨물고 간 혀끝 생채기에

대가리를 비집고 들어가 똬리를 튼다

전신이 꺼끌꺼끌하다

흘러내린 두 눈을 모래로 슥 덮는다

황망히 점멸하는 기억 속에서

별을 한 사발 들이켰다

노래가 탱글탱글 씹혔다.

박덕은 作 [불면](2016)

너덜겅

노을 타는
그리움

연둣빛 향기
소곤소곤 펼쳐져

꿈꾸듯
나풀나풀 춤추네.

박덕은 作 [너덜겅](2016)

아버지

새벽 어스름 걷어내면
식지 않은 땀내음이
소리 없이 문지방을 넘는다

설잠이
사알짝 실눈 뜨며 반길 때
주머니 속 껌들이
지친 손가락 사이로
기지개 편다

끝없는 사랑
주름으로 감추며
늘 지켜 주던
추억의 외로운 주머니
오늘따라 무척 그립다.

박덕은 作 [아버지](2016)

봄

- 나은희

살포시 걸어오는
달콤한 세레나데

꿈틀꿈틀 소슬대문의 빗장 열어
꽃봉오리 맺는 속삭임

어둠 뚫고 일어나
자수 놓는 땅의 손놀림

휘파람 불며
떠나는 걸음 속 눈빛.

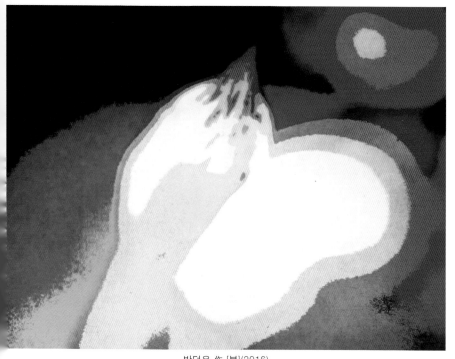
박덕은 作 [봄](2016)

나비

가까이 가면
멀어질까

아는 척을
미루지.

박덕은 作 [나비](2016)

짝사랑

- 노연희

혼자 쥐고 있어요
홀로 집중하고 있지요
일방통행이니까요

코를 킁킁대면서 바람은
나폴나폴 향 실어 나르고

그리운 이름은
송글송글 얼굴에 맺히고

기진맥진한 그리움은
길을 공손히 비껴 앉고

언제든 바라기 추억만 풍덩
차라리 두 눈 감아요.

박덕은 作 [짝사랑](2016)

함박눈

- 박건우

아이쿠!
하늘다람쥐가
자루에 구멍을 냈나 봐요

마을 위로
소복소복
내려앉아요

배고픈 사람들이
지붕 위에 쌓인 가루로
빵을 구워 나누어 먹어요

입에서
행복한 말들이
펑펑 쏟아져 나와요.

박덕은 作 [함박눈](2016)

구름

- 박범우

춥겠다
눈을 안고 있으니까

신나겠다
하늘을 날아다니니까

좋겠다
해님도 만나니까

재밌겠다
새하고 노니까.

박덕은 作 [구름](2016)

유리인형

당신은
스스로
말할 줄 모릅니다

그냥 언제나
하얀 가슴에서 흘러나오는
느낌으로만 전하고

그냥 언제나
맑은 눈빛으로만
이야기합니다.

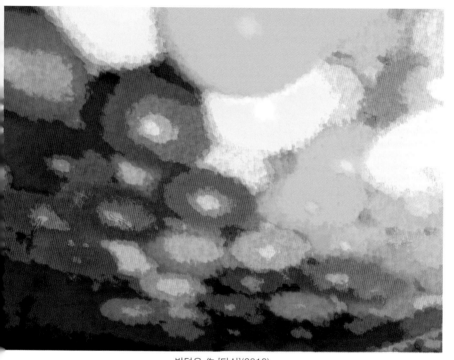

박덕은 作 [당신](2016)

나의 손자

– 박봉은

아가야
너를 가만히 보고 있노라면
호수 위에 잔물결 번지듯
어느새 내 가슴이
촉촉이 생기가 도는구나

아가야
너를 흐뭇이 보고 있노라면
시골 장날 구경하듯
그동안 숨어 있던 흥겨움이
저절로 솟구쳐 나오는구나.

아가야
너를 지긋이 보고 있노라면
봄날 꽃이파리 피어나듯
입이 저절로 벌어져
솔솔 웃음 향기가 번지는구나.

박덕은 作 [손자](2016)

보고파

밤하늘
별들의 숨결
귓가에 들려오는 이 밤

찾아 찾아
헤매며
길 잃어 삼만리

손 내밀면 닿을 듯
마음은
이미 가 있건만

눈떠 보면 자욱한 밤
안개만이 애처로워
이내 눈물 흘리네.

박덕은 作 [보고파](2016)

두둥실

바람 흩날리는
드높은 봄하늘에

마음 설레며
기다리는 그리움이여

작은 새는
저리 사랑 노래 부르고

향기 찾아
나비떼 하늘거리는 이때

다가가 손 내밀면
살며시 손잡아 주려나.

112
동인지 제11집

박덕은 作 [새](2016)

섭리

- 김인숙

육십고개 땀 흘리며 허겁지겁 넘나들어
어느 풀밭 넘어져서 고개 들어 쳐다보니
눈물 콧물 하나되어 마음빗장 열려지네.

박덕은 作 [풀밭](2016)

이별 · 1

봄날 고운 꽃잎
바람에 날리는데
가는 길 돌아서서
무얼 말할까요

텅 빈 내 안의 소리 없는 울림만
바람 타다 지친 구름처럼 내려앉아
어느 산모롱이에 머물러 있는데
무얼 말할까요

까마득히 수평선까지 날아가
한 점이 되어 버린 갈매기처럼
아무것도 남겨져 있지 않는
기억의 초상들만 서성이는데
무얼 말할까요

새하얀 표정의 병자같이
멍하니 먼 하늘만 쳐다볼 뿐
무얼 말할까요.

박덕은 作 [이별 · 1](2016

이별 · 2

— 박창은

당신
뒤돌아설 때
찬바람 불었습니다

당신
멀어져 갈수록
어쩔 줄 몰랐습니다

당신
보이지 않아
눈물 고였습니다

당신
소식 들리지 않아
서럽게 울었습니다

당신
생각에 뒤범벅되어 흐르는 눈물

닦지도 않고 그대로 두었습니다

당신
오가던 길목
오래 오래 서 있다가
허연 허기를 가슴에 품고 돌아섭니다

당신
기억까지 모두
이젠 그만 잊으려 합니다.

박덕은 作 [이별 · 2](2016

옹아리

– 배종숙

확 트인 창가
주고받는 웃음소리에

발꿈치 들고
덩달아 혜실 혜실

무릎 위에 올려놓고
보고 또 보아도

너라서 좋아라
마냥 좋아라

조금씩 커 가는
천상의 목소리
어부바 어부바

지나던 꽃샘바람도
꽃가마 타고
어부바 어부바.

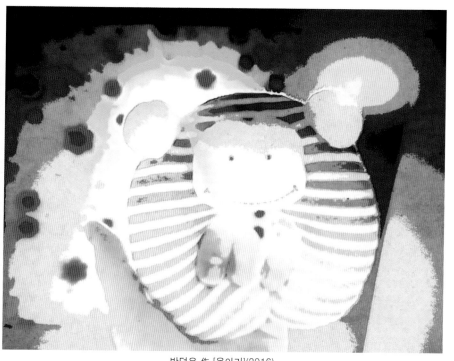

박덕은 作 [옹아리](2016)

물레야

- 배종숙

쉰 밤 없이 돌아라
쉰 낮 없이 돌아라

옭아매는 날실에
사뿐 사뿐 날아든 시 한 송이

꼭지마리 친친 휘감아
입김에 순결 심고

비단옷이 그립거들랑
하얀 밤을 돌아라.

박덕은 作 [물레](2016)

팽목항에서

바람은 바다 위에서 울고
파도는 가슴을 두드리는데
별들은 하늘에서 빛난다

찢어진 일상아
조각난 사랑아
흩어진 추억아

못다 한 말은 마음에 묻고
그리움은 허공에 새기고
물결 위에 이름들을 써 본다

새벽하늘 위로 떨어지는
별똥별들아
내 새끼들아.

박덕은 作 [팽목항](2016)

삶

- 서동영

바람에 잘려온 추억은 너무나 춥다
어스름에 피어오르는 밤안개로 감싸 안아도
달래지 못한다

미소는 낯설고 웃음마저 생경한데
한숨도 쉬지 않고 온밤을 버티어도
밤새가 울고 가로등은 저 혼자 외롭다.

박덕은 作 [가로등](2016)

낙화

- 설미애

보슬비에
고운 신발 다 벗어 놓고
어디로 갔을까

연분홍 신발 신고
사뿐사뿐 들키지 않으려고
어디에 숨었을까.

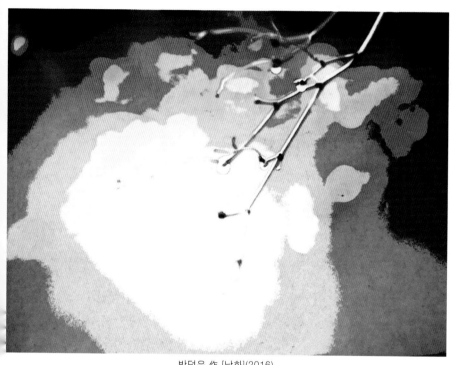

박덕은 作 [낙화](2016)

비 오는 날

- 설미애

목마름에
물이 고팠던
나무들 손가락에
물방울이 고이고

철쭉꽃 활짝 핀 모습에
잠시 휴식을 취하듯 고개 떨구고
향기 따라 발길 붙잡던 라일락꽃
그 새초롬한 꽃잎들 선명해지고

툭툭 떨어지는 만큼
웃음꽃들이
여기저기
꽃망울 터뜨리기 바쁜 날.

박덕은 作 [봄비](2016)

통증

- 손수영

저려오는
하늘빛 색깔들로
오후를 앓는다

보이지 않는 곳까지도 끌어안고
속속들이 혈자리를 찾아
헤집고 다닌다

굽어진 세월처럼
추억을 찾아
찢긴 외로움을 기워내며.

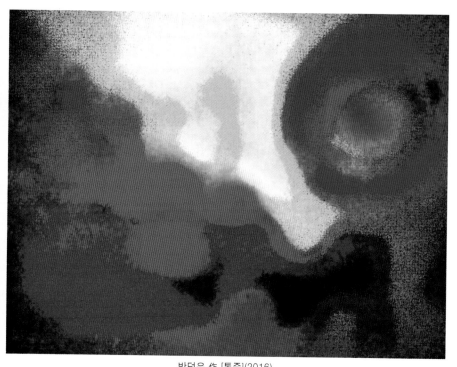

박덕은 作 [통증](2016)

그리움

- 손수영

여름이
코스모스 여린 줄기 타고 또로롱 매달리다
초가을 문턱에 쉴 틈 없이 내려앉는다

자드락마당 잡풀이 시들해지면
잿빛은 발틈에 스며들어
아직 신발장 한켠 자리잡지 못한 샌들의 발등을 씻기고 있다

미니사과 세 개를
손아귀에 쥐어준 님의 귀언저리가
오늘도 그림을 그리며 웃고 있고.

박덕은 作 [그리움](2016)

기대고

– 송옥근

저만큼 불어오는
바람소리는
나무에 기대고

가지에 내려와 앉은
새소리는
산에 기대고

뼈마른 풀 언덕
풀벌레 소리는
하늘에 기대고.

박덕은 作 [새소리](2016)

그리움

- 송옥근

오빠는 아직도
빈 바다에 홀로 남았다

죽도록 보고 싶다던
죽도록 살고 싶다던

그 섬에만
파도가 쳤다

수평을 이루지 못하는 바다는
멀미를 토했다

죽어서도
섬을 떠도는 오빠

그리워서 그리워서
내가 미웠다.

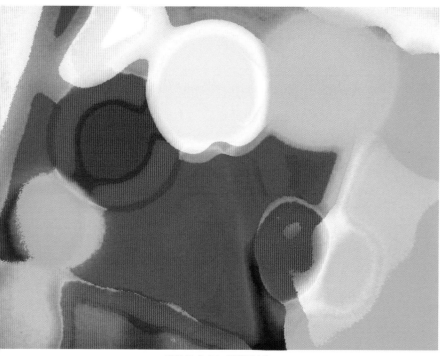

박덕은 作 [그리움](2016)

거문도 등대 가는 길

- 신명희

당신을 닮아 잔잔한 바다 그 고요의 내음을 지나
추억 넘나드는 무너미에서
걸어온 만큼의 바람 다독여요

갯바위들은 그리움이 그랬던 것처럼
문득 심장을 덜컹거리게 하지요
당신도 그랬나요
아득히 서서
그 시작도 끝도 알 수가 없어요

계단을 오르는 비탈진 세월
푸른 꿈을 흔들며 나직이 속삭여요
도중에 만난 외로움들은 잠시 거기 두기로 해요
동백꽃 허물어지는 어디쯤
황홀한 물살 밀려와 있을지도 모르니까요

밀물이 숲을 휘감으면
당신만큼이나 아찔해 하늘이 잘 보이지 않아요

숲 사이사이로 새어나오는 선율들이 눈을 찔러요
그 경련을 따라가면
쓸쓸한 이름들을 위해 와르르 물들여 놓은 석양은
또 어찌나 시리던지요

유성들이 휙 지는 낙화를 건너
백색의 거대한 느낌표
그리고
기어이
당신.

박덕은 作 [등대](2016)

나이아가라 폭포

- 유양업

우렁찬 폭포소리
황홀감 펼쳐 입고
물보라 나래 펴고

큰 볼륨 뽐내면서
옛 추억 환희의 설렘
은보라로 날리네.

박덕은 作 [나이아가라 폭포](2016)

지금도 기다릴까

– 유양업

떨어진 신발 한 짝
눈 속에 빠졌었네
어떻게 되었을까
지금도 기다릴까
만년설 빙하 수놓아
은빛 꿈을 달았나.

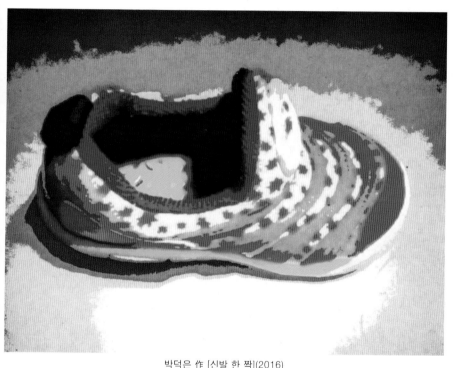

박덕은 作 [신발 한 짝](2016)

비가 내리면

진종일
젖어드는
그리움의 무게로
나
여기에 있습니다

늘
홀로인 것에
익숙하려고.

박덕은 作 [봄비](2016)

빠담빠담

- 이미숙

오랜만에 에디뜨 피아프 노래를 듣는다
고스란히 피어나는 파리 가족여행
생제르맹 거리에 있는 오층 아파트
트렁크 짊어진 나선형 계단이 삼백 년 거슬러 오른다
창문 열고 구슬땀 식히며 바라본다
콧바람 불어가며 마차는 따각따각
할머니의 요정이 된 아이들이 귓전에서
칸막이 없는 방 오가며 다락에서 깔깔거리고
앞치마 두르고 주방에서 차를 끓이고
온기 가득 둘러앉아 그날의 시시콜콜
칼질하고 포도주로 붉게 더 붉게
인생이 연극이고 여행이라고
일순간 꿈틀대는 조각들이
시큼하게 살아 있는 연극으로 뭉클거린다.

박덕은 作 [차 한 잔](2016)

목요일이 오면

- 이미자

보슬보슬
봄이 내린다
그리움으로

가만히 눈뜨는
추억 위로
눈물 되어

소리 없이
추적추적
그대가 내린다.

박덕은 作 [보슬비](2016)

사랑

- 이미자

사시사철
떠 있는
너

존재치 않는 시간까지도
함께하고픈
너.

박덕은 作 [사랑](2016)

산책

- 이삼순

아스라이
산모롱이 바라보며
달콤한 추억 버무린
말없는 벤치
쉬어 가라 하네

따스함 익어 가고
지치고 힘들 때
솔바람 가슴 파고들어
쉬어 가라 하네

실타래 풀어내듯
그리움 토해내며
쉬어 가라 하네.

박덕은 作 [오솔길](2016)

산골

- 이삼순

살랑이는 바람
휘돌아 노닐고
뒷산 뻐꾸기
외로움 토해내는 곳

봄의 속삭임
옆구리 꿰어 차고
논두렁 밭두렁 콧노래
바구니에 넘실대는 곳

알싸한 쑥내음에
아련한 그리움
손끝에
휘감겨 오는 곳.

박덕은 作 [산골](2016)

흩날리고

뭉게구름 쉬어 가는
산모롱이에 바람
흩날리고

산발치 매화
더 고운 눈꽃
흩날리고

오솔길 끝 통나무 찻집에
잔잔한 음률
흩날리고

애틋한 연정
설레임 되어
흩날리고.

박덕은 作 [통나무 찻집](2016)

바닷가

— 이수진

수평선 위 별빛 내려와
모래톱의 숨소리 덮는
흰 물거품과
어깨동무하네

추억 묻어둔 목선에는
상흔만이 아리게 남아
닻을 내리네

피울음 토하는 갈매기
휘휘 돌고
그물의 애틋함은
숨죽인 채 바위에 걸터앉아 있네.

박덕은 作 [바닷가](2016)

내 남편

- 이순복

시어머니 돌아가시고
얼마 지나지 않아
매일밤 반란군이
집 뒤 대밭으로 와서
남편을 불러내는 통에
집에서 잠 못 자고
저녁밥을 일찍 먹고
마을 사랑방으로 가서 자고
아침 일찍 집으로 돌아오곤 했다
어느 날
길쌈을 하느라
동네 아낙네들이 모여서
삼을 잣고 있는데
남편이 나가서
한밤중까지 돌아오지 않는다고
집안이 시끄러웠다
그 뒤 저녁마다
행여나 돌아올까 기다렸지만

깜깜 무소식이었다
동트기 전에
텃밭 뒤 샘에서 물 떠와
매일 기도를 드렸는데도
돌아오지 않았다
전쟁이 끝나고
손녀가 시집을 가는 오늘도
아카시아꽃이 저리 흐드러지게
피어나는 이 찬란한 아침에도
내 남편은
아직 돌아오지 않고 있다.

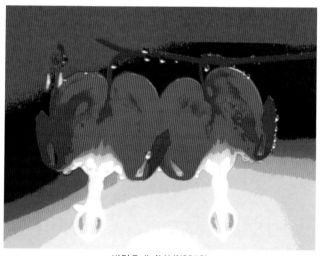

박덕은 作 [부부](2016)

바다

- 이영희

처얼썩 처얼썩
바람 언덕에 올라
파도와 거품이 하나로
용솟음친다

반짝이는 등대 불빛
꿈과 믿음 실은 어선들
검푸른 물결 위에서도
손끝 쉴 틈 없이
허걱거리며 열정 태운다

어둠 속 푸른 욕망들이
그림 같이 부대끼는 시간
돌연 딸려 오는 보물에 힘입어
비로소 등 패인 고통에서 벗어난다.

박덕은 作 [등대 불빛](2016)

못다 한 사랑

- 이영희

혼자 맘 애태우며 연약함 감춘 채로
오늘도 애면글면 매캐한 그리움들
애틋한 질곡의 세월 돌아볼수록 아쉽네.

박덕은 作 [못다 한 사랑](2016)

오늘 단상

- 왕향주

발품 팔아 건강 얻으려고
두 시간 땀방울 흘리고

마음 풀어 몸 지키려고
두 시간 각탕기에 앉아 있다가

한눈 팔아 외로움 잊으려고
드라마에 눈 맞추며
그 속에 빠져 본다

열렬했던 사랑도
이별이라는
쓰라린 슬픔 안고 돌아선다

아니야
아니야
울부짖어 보지만

한맺힌 울음소리에
주인공도 울고 나도 따라 운다

오늘 하루도
이렇게 쓸쓸히 저무는구나

방안이 캄캄하니
불 켜고 저녁 준비해야겠다.

박덕은 作 [오늘 단상](2016)

산속 담쟁이넝쿨

- 이은정

낮은 몸짓으로 요리조리 비벼대며 나서다
너른 가슴 찾아 기어오른다

하늘 그리워
애타는 갈망으로 쉼 없이

메말라 갈라진
몸뚱이 어루만지듯

바람이 땀을 닦듯
살포시 속삭이며

햇살 품은 그리움이
숲속 미소로 서서히 번져가듯.

박덕은 作 [담쟁이넝쿨](2016)

설거지통

- 이은정

변신의
공중목욕탕

엄마와 식모 공동어가 되어 버린
덜그락덜그락 정거장

저항할 힘이 빠져 버린
익숙한 세월의 붙박이

깊은 곳에서 콸콸
울음 쏟아내고 있는 곳.

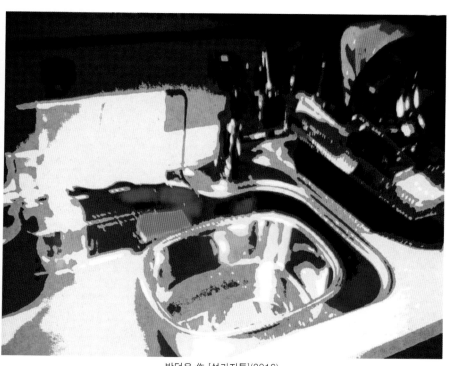

박덕은 作 [설거지통](2016)

철쭉꽃

- 이인환

움츠렸던 눈망울에
연둣빛 촉촉이 젖어드는
겨우살이 벗은 흙내음은
누굴 향한 치열한 토로인가

머문 추억 향기 밟으며
무리 지어 앉아
온 산 불태우는 찬란한 열정
누굴 위해 뿜어내는 붉은 고백인가

백사장 품어 안은 파도 소리
푸른 음률 타고
깎은 듯 절벽 위에 새겨진 황홀함
누굴 향한 애절한 호소인가

애틋한 연민의 아픔
그 위에 피어난
시들지 않는 마음꽃 한 송이
누굴 위해 가슴에 심은 간절함인가.

박덕은 作 [철쭉꽃](2016)

어느 겨울날

- 이인환

산자락향 품은 오솔길
휘몰아친 비바람 눈물 되어
우산 속 눈망울에 물안개 피네

허기진 숨결 목이 메어
토해내는 그리움
사랑한 적 없었다
주문처럼 되뇌이면 잊혀지려나.

박덕은 作 [어느 겨울날](2016)

미

– 이지운

농원의 배추밭 곁으로
아이의 맨발이
낯익은 초록 웃음을 데려온다

일순간 화색이 돌아
서로를 알아보니
여기가 거기라 한다

낮은 언덕 넘는 바람도
계절 거스른 화환 속 꽃송이도
메마른 봉지 속 찻잎도
마늘 싹에 돋은 안부도
먼 하늘과 눈 쌓인 등성이 담은 눈망울에도
눈치챈 듯
설렘은 부풀어 낯 붉히는 한나절
드디어 터져 오른다

초록옷 니 말이 맞다

오톨도톨 돌기 같은 기다림이면
외투 없이도 외롭지 않고
맨살 할퀴는 찬바람도 두렵지 않은
혈기 왕성한 봄이라는 말

나에게
넌
그렇다.

박덕은 作 [배추밭](2016)

에밀레

– 이지윤

울지 못하는 종이라면
깨뜨려 버리거나
펄펄 끓여야지

또다른 몽뎅이로 두드리면
청아하게 종소리 퍼질 테니까

에밀레
에밀레

울리지 못하는 종이라면
눈물 그림자나
소리 그림자라도 담아야지

여백을 침묵으로 이겨내면
종소리는 우아하게 울릴 테니까

에밀레
에밀레.

박덕은 作 [에밀레](2016)

봄밤

깊어지는 감정을 반값으로 할인하면
찾아오는 건
지금보다 흐릿한 눈동자의 그림자뿐

무표정한 하늘 사이
동동거리는 발자국 띄워 보니
그 시절 두근거리는 봄 향기가
떠오른 달에 매달려
비웃는 듯 소리친다

파격적인 세일에
묵은 추억을 끼워 팔아 보기도 하고
보고픔은
몇 개씩 묶어 떠넘기기도 하고
선물인 척
곱게 포장하여 떠나보낸다

마감 시간까지

바쁘게 움직이며
넘어가는 달무리는
그리움이 되어
귓가에 먹먹한 소리로 남는다

세일이 끝나갈 즈음
맴도는 기다림조차 디딜 수 없게
널어 놓은 신상품을 곱게 쌓아
말없는 설렘까지도 반듯이 정리한다.

박덕은 作 [봄밤](2016)

소실점

진흙탕 수레바퀴처럼
구르며
마음을
끈적끈적 흔들다

그나마 자유롭지 못한
여백까지 뚫으며
열없이
흐르다

사라져 가는
허공 속에서
끝 간 데 없이
자맥질하며
허물을 벗고 있다.

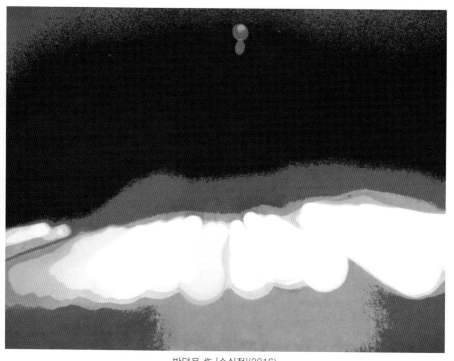

박덕은 作 [소실점](2016)

외사랑

- 이호준

스치는 느낌만으로도
붉디붉은 여운 가슴에 누워
은은한 보고픔으로 남아

한 가닥 하늘거림에도
너울 같은 설렘 일어나
그리움 속으로 몰아넣어.

박덕은 作 [외사랑](2016)

울할머니

- 이후남

할머니는
그제도 오늘이고
어제도 오늘이고
오늘도 오늘이다

오빠 학교 가고 없는데
오빠를 부르고
조금 지나
또 오빠를 찾는다

한참을 말없이
왔다 갔다 하던 할머니
오빠 어디 갔느냐며
또 걱정이다

우리 오빠 학교에서
돌아올 때쯤
할머니는
아기처럼 깊이 잠든다.

박덕은 作 [울할머니](2016)

사랑하니까

― 이후남

밥내음 슬쩍 쥐고
달랑달랑 따라다니는 아픔 한 톨
퉁퉁 부은 소맷자락 물고
흘러내리는 슬픔 한두 마디
둘둘 말아 등에 업고
흰 꼬리 부르튼 외로움 한 줌
뚝 떼어내
차라리
서늘하게 패인 옆구리에
진줏빛 커다란 고리 하나 내어
걸어두고 싶다.

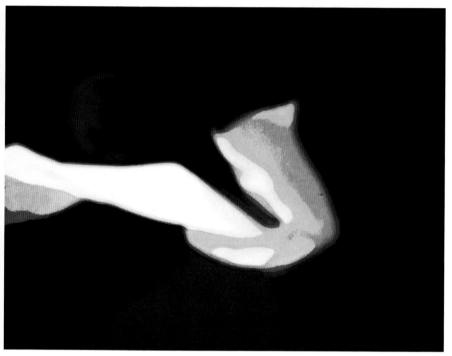

박덕은 作 [사랑하니까](2016)

목련화

봄볕 내려앉은 뜨락
해종일 불 밝혀 들고
애련히 빈 하늘 바라보네

작은 새 한 마리
포로롱 휘젓으며 날아가고
명지바람 불거든

곰비임비 바쁜 그대 위해
나래 펼쳐
살포시 날아가리.

박덕은 作 [목련화](2016)

산골

- 임영희

처렁처렁
좁다란 외길
발자국의 흔적마저
풀숲에 묻혀

굽이굽이
쏟아지는 고요
수채화 되어 흐르고

그리움의 향기
산자락에 매달려
톡톡 터뜨리고

청아함 씻어 잠재우면
알록달록
봄의 속삭임 피어오른다.

박덕은 作 [산골](2016)

봄날

설렘 따라 오르면
달려드는 향기

속삭이는 추억의 햇빛에
온몸 내밀어 맡기고

바람 사이 감기는
보고픔 자락마다

밀려드는 그리움
미소 짓는다.

박덕은 作 [봄날](2016)

그리움

- 왕향주

속 깊은 곳에 남아
떠날 줄 모르고 망설이는

마음의 창에
빛 되어 남아 있는

세월이 흘러가도
변할 줄 모르는

가슴 구석 구석 휘젓고 다녀도
지칠 줄 모르는

산 너머 저 멀리
지평선 위에 있을 것 같은

목이 메어 불러 봐도
도무지 대답이 없는

198
동인지 제11집

메마른 사막의 선인장처럼

좀처럼 시들지 않는.

박덕은 作 [그리움](2016)

사랑 고백

- 장종섭

눈길 마주치면
말할 거야

두근 두근
숨겨둔 건

보고 싶었다는 말
끝내 하지 못한 건

그리움 자랄까 봐
그럴까 봐.

박덕은 作 [사랑 고백](2016)

봄처녀

— 장종섭

살금살금
다가와

수줍게
맴도는

처음 보는
그녀 향기

붉은
달콤함에

신이 난 설레임
봄꽃으로
활짝 피었습니다.

박덕은 作 [봄처녀](2016)

사람꽃

— 장헌권

연초록 싱그러움
어우러지는 날
촛불들이 모여 다짐을 한다

손과 손 마주잡고
막막했던 생각들 추스러
안부 편지 꺼내 읽는다

그리움에 기대어
외로움의 뜨개질하면서
다독거리며 상흔 보듬어 준다

따스한 손길 내밀어
차마 부를 수 없는 꽃봉오리들
남은 길 끝 보이지 않더라도

마지막까지 잊지 않고
함께 긴 밤을
걷고 또 걷는다.

박덕은 作 [사람꽃](2016)

사월 바다

- 장헌권

억센 샛바람 뚫고
쉼 없이 연둣빛 자라
피고 또 피어

엷은 해무 위로
부표처럼 떠오르는
아지랑이에 휩싸여

끝없이 흘러흘러
아련히
수평선 가슴에 멍든 쪽빛

침몰한 시간 바라보며
고요 속에서 속울음 삼키며
매일 아침 꽃밥을 준비하면서
차마 부를 수 없는 이름을
읊조린다

206
동인지 제11집

어서 붉은 마음 시들기 전
환하게 돌아오길,
팽목항 기다림 의자에
바람과 별과 새가 되어.

박덕은 作 [사월 바다](2016)

어떤 발견

- 전금희

하던 일 멈추는 순간
마음 편해지며
눈물 글썽인다

자신을 만나는 시간
무엇이든 조바심으로 쫓긴다
식사마저 속도에 맞추어 달린다

먼저 떠나간 친구와 어머니의 목소리
저편의 소리를 미처 다 듣지 못한다

사거리에서 우선멈춤을 하고는
시를 생각하며
시 안으로 놓친 마음들을 깨운다

그 순간
포만감이 달려들고
비로소
따스한 가슴을 만난다.

박덕은 作 [사거리](2016)

님이여

- 전숙경

지는 달도
님 그리다 가리우고

남아 있는 허락이
있다면 그리움뿐

소소히 피었다
지는 꽃도

님을 그리다
가셨다오.

박덕은 作 [지는 달](2016)

김가네집 아침

아빠 김이
출석 이름을 불렀다

시금치—네
당근—네
우엉—네
계란—네
햄—네
단무지—네

오늘도
깨소금 참기름 등등
함께 뭉친다

그때
엄마 밥이 나선다
너희들 다 준비 됐니?
—네.

박덕은 作 [김밥](2016)

깊어진 겨울밤에

- 전지현

고요만이 흐르는 숲속에
아련한 기척 소리
행여 님의 소식인가

가만히 자리한 외로움 안에
꿈틀이는 하얀 그리움
행여 님의 향취인가

한 올의 시향으로 다가와
홀연히 움트는 맑은 여운
행여 님의 음률인가

스산한 바람 소리마저 잠재우며
가슴 틈새에 피는 고독
행여 님의 그림자인가.

박덕은 作 [겨울밤](2016)

장맛비

- 정경옥

가슴이 흠뻑 젖도록
마음을 여미고 또 여미어도
작은 기억은
다른 곳을 향하여 손짓한다

먹구름 제치며 마음에 꽃피우고
예쁜 향기 세상을 향하여
흩날리기를 기도하는데

추억 속에 스멀스멀 멀어져 간
꽃향기는 가슴을 저며오고
고운 선율은 심지를 넣어
고독으로 불붙게 하고

물안개처럼 피어오르는 시간들은
스치는 건배 잔 속으로 사라지며
빗소리에 깨어나는 은밀함과 함께
길 떠날 채비를 한다.

박덕은 作 [장맛비](2016)

그림자

- 정경옥

예쁜 시심 입술에 담고
부드러운 차향 나누며
재잘거리던 숨은 얼굴

볼 위에 흘러내린 물방울 따라
밀어져 간 추억들로
숨바꼭질하고

고인 눈물은
두 손 모아 소리쳐 부르며
새벽 끝자락에 매달린다.

박덕은 作 [그림자](2016)

청춘들에게

정달성

아는가
그대

터질 듯한 팔뚝,
붉은 강줄기를

아는가
그대

이마에 깊게 패인 세월의 협곡,
송골송골 맺힌 구슬 땀방울을

아는가
그대

남북, 동서 갈라서기 놀이,
기성과 신세대 맞선 춤을

아는가
그대

임금피크제,
징글징글한 느그식 사랑을.

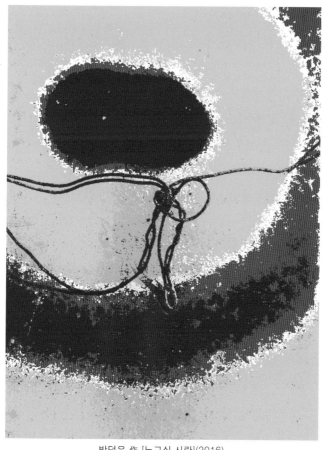

박덕은 作 [느그식 사랑](2016)

산도라지

- 정동신

깊고 깊은 두메산골
가파른 산비탈에

오랜 세월 비바람에
턱 지고 틈 생긴 암벽 위

초목도 힘겨워
초라한 모습인데

그대 어이타
그리도 싱싱할꼬.

박덕은 作 [산도라지](2016)

비 오는 날

- 정순애

오늘도
여백을 채우려
사뿐히 내려앉는 당신을
봅니다

핑크빛 추억 적시며
비워 있는 맘에
당신을 담습니다

내일은
푸르디푸른 미소 머금으며
환하게 다가오는 당신을
기다립니다

홀로 아닌 둘이 되어
감싸 안은 손길로
함께 걸을 수 있기를
바랍니다

이젠

그리워하며 외로움 속을

걷지 않아도 되기를 기도합니다.

박덕은 作 [비 오는 날](2016)

삶

— 정연숙

조그마한 동네마트
교통카드까지 충전하는 곳
매일같이 빨간 눈 하얗게 뜨고 꺼진 적이 없었는데

흔하게들 써 붙힌 상중이란 글귀 하나 없이
알루미늄 샷시가 고리에 걸렸다

평소와 같은 생동감 있는 분위기는 아니지만
오늘은 문이 열려,
어떤 일인가 물었더니

아저씨가 의식을 차려 보니
중환자실에서 며칠이 갔더란다

아직도 병실에 머물러 있어야 할
기운들이 아저씨 얼굴 전체에 두른 듯
열선이 느껴진다

집으로 돌아오면서 뒤돌아보니
깜깜한 저녁마다
피곤을 뒤집어쓰고 골목으로 들어서곤 하던
그 시절의 어머니가 보인다.

박덕은 作 [삶](2016)

그리움

- 정예영

난간에 서성이던 음성 귀에 꽂고
살구꽃 날리는 곳으로
마중 나가면

구구절절 말할 수 없어도
터져 나오는 함성
촘촘하게 박음질하는 시간.

박덕은 作 [그리움](2016)

꽃

- 정은미

저기
하늘과 맞닿은 언덕 너머
숲길에 들어가 본 적 있나

가시덩굴이 차지한
어두운 길 지나
산모롱이 오르면

연분홍 하늘거리는 덤불 사이에서
잔잔한 향기를
만나게 되지요

그 모습 그 느낌 그대로
당신에게 전해 주고 싶어요.

박덕은 作 [꽃](2016)

산에서

- 정점례

그리움도 보고픔도 두고 왔건만
그대 마음이 묻어 왔나 봐

무념도 무상도 도리질치는
외로움만 산 가득 넘치는데

바라보면 지척인 거리에서
가지 않으려 마음 다잡는

그 애달픈 몸부림의 시간이
너무 힘들어

훌쩍 떠나왔건만
그 몸부림이 이처럼 그리울 줄이야

뭉게구름처럼 솟구치는
그대 향한 이 마음 어찌할 거나

가슴속이 산 타고 오르는

바람 소리와 같아서 그만.

박덕은 作 [산에서](2016)

상흔

어스름녘
몽글몽글 한숨 채 가시기 전
이어 나오는 딸꾹질에
한이 서려

길게 들이킨 호흡
마셔도 마셔도
쉬어지지 않는다

뱉어도 뱉어도
숭얼숭얼 맺히는
하얀 그리움처럼

찬 서리 앉은 그림자
속마음 헤집고
꼬들꼬들 말려갈 쯤이면
딸그락거리며
냉이국 끓인다.

박덕은 作 [상흔](2016)

사랑

- 조경화

차마
부를 수 없는
여린 마음속
꽃잎

밤이슬
아니 온 듯
적신다.

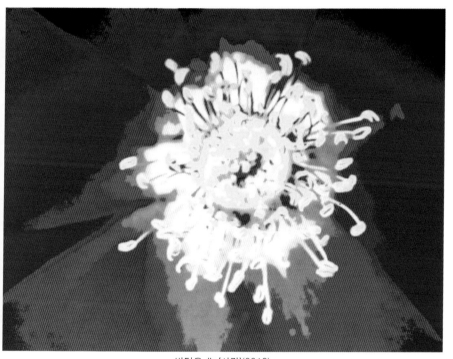

박덕은 作 [사랑](2016)

주막

이런 저런 얘기들이
부딪쳐 웅웅거리는 곳

젓가락 잔소리가 섞이어
사연과 사연이 뒤엉키는 곳

어쩌다 한번쯤
거친 음성이 판을 깨는 곳

볼살의 취기가
이 상에서 저 상으로
건너다니는 곳

이래저래
한세상 쉬어가는 곳.

박덕은 作 [주막](2016)

담장

경계선에서
기다리는 순진함이
지랄맞게 대기하는 곳

어깨 너머로
순수와 자만이 대치하며
참고 사는 곳

선을 넘으면
복수와 체념이
교차하는 곳

넘어야 하는 용기와
참아야 하는 인내가
상존하는 곳.

박덕은 作 [담장](2016)

결혼 50주년

- 최기숙

쓸쓸함의
옆자리

이제
등 굽은 삶으로

황소의 눈망울을 보라
더 깊은 처연함으로

덧없음을
응시하고 있다.

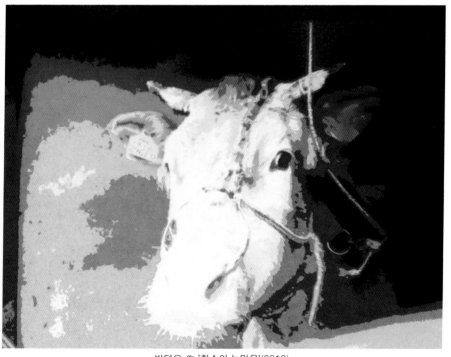

박덕은 作 [황소의 눈망울](2016)

문준경 전도사

- 최기숙

증도의 저 허공에
홀로 서 있는 십자가는
그대 눈물의 나팔 소리인가

끝이 없는
미풍은
그대의 향기인가

고무신 아홉 켤레 다 닳도록
이 섬에서
저 섬으로

수많은
별꽃들
피우고

지금도
민들레 홀씨

아들로 딸로

하늘 사다리
놓아 가고
있네.

박덕은 作 [고무신](2016)

그 봄이 좋았다

- 최길숙

따스한 봄날
벌나비 놀러오고

이쁘게 꽃 피던
그 봄이 좋았다

봄바람 불던 날
찾아와 시집 건네며

수줍어하던
그 봄이 좋았다

하루에도
몇 번씩 안부 물어 오던
그 봄이 좋았다

지금은 소식도
안부도 뜸하지만

뒷동산 새 울던 그 시절
그 봄이 좋았다.

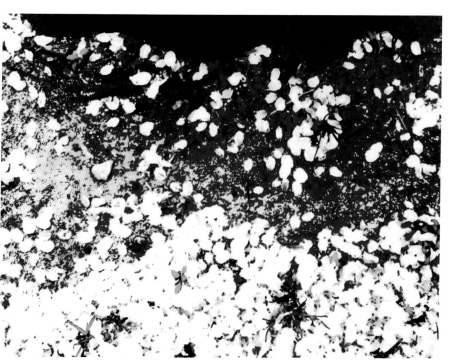

박덕은 作 [그 봄이 좋았다](2016)

갱년기

- 최길숙

후두둑
비는 소리라도
내지르지

스르르
나는 소리도 없이
지고 있네.

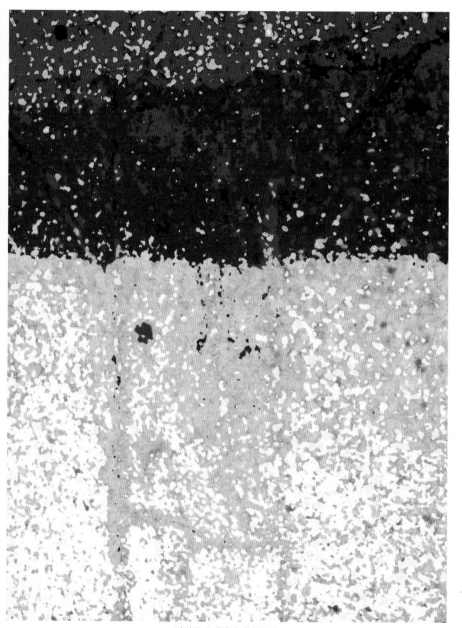

박덕은 作 [갱년기](2016)

봄날의 추억

- 최선화

보문의 호숫가
낮별이 내리면

하얗게 하늘 메운 벚꽃
흐드러진 축제 한마당

들뜬 발걸음들이 모여
자지러지는
추억을 만든다

배를 움켜진
웃음 감출 수 없어
이불 속 밤샘으로
눈물이 홍건하고

이마에 잔물결 가리우는
희끗한 실바람 날고
낯선 심술

두 볼에 걸터앉으면

그 모습 짠해
잔잔한 그리움 엮어
나날이
애절함의 종종걸음 재촉한다.

박덕은 作 [봄날의 추억](2016)

마음

뒷돌담 끝자락에
걸쳐 놓고

뿌린 마음
쪽진 기다림

방긋
온 들녘 헤집고 온다

훌쩍
돌아친 세월로 얻은

관솔빛 설렘
돌아설까 봐

몰래 몰래 키워

이제사

252
동인지 제11집

한 움큼 풀어 보인
사래진 꽃밭.

박덕은 作 [돌담](2016)

절규

꽃사슴 한 마리가 가던 길 멈추고
옹달샘 말라 버린 사연을 들었다

집 떠난 오목가슴에
붉은 눈물 쏟아내며

밤새 절절 끓은 신열
끌어당긴 어둠으로 심장을 덮으며

입막음 틈새로 터져 버린 오열
목 꺾인 채 머리 풀고 땅에 뒹굴며

잃어버렸던 시간을 품고 온 크낙새는
빨간 꽃술로 노래했다

창가에 비추인 그리움에
몸 던지며

갈기갈기 찢어진 선혈로

폭포 속에서 춤 같은 몸짓의 흔적 남기며.

박덕은 作 [절규](2016)

기다리며

- 최승벽

밭뙈기 하나
야트막한 산허리에
걸려 있다

소금처럼
꽃말이 톡톡 터지는
하얀 겨울

헤살 떠는
한 줄기 바람 따라
점점 부풀어오르다가

가장 작은 소리까지
빨아들여
눈길을 온통 물들였다

한 땀 한 땀 수놓은 듯
높은 하늘에 고이는
그리움의 숨소리처럼.

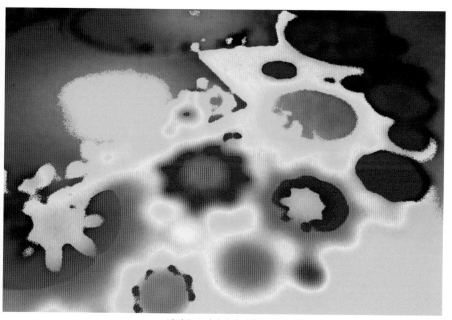

박덕은 作 [기다리며](2016)

고무줄 놀이

놀이에 지쳤어요
홀쩍 넘어 주면 단 한 번 당겨지잖아요
하루하루 시간 밖에서 초조함이 몰려와요
자꾸만 넘어 봐 넘어 봐 하는 것 같아요
쩍각쩍각 초침 소리가 밤마다 머리를 갉아먹어요
줄에 널린 시래기처럼 떨어져 뒹구는 꿈을 꿔요.

박덕은 作 [고무줄 놀이](2016)

복수초

- 황귀옥

실바람 살랑살랑 앞뜨락 돋을양지
낯익은 노랑머리 화알짝 웃고 있네
또 다시 못 볼까 봐서 마음 졸여 서 있네

향긋한 입맞춤에 가슴속 두근두근
나는야 영원토록 님 곁에 있고 싶어
언제나 늘 변함없이 원앙같이 있고파

길고 긴 이별만은 싫어라 정말 정말
꽃잎은 떨어져서 바닥에 수를 놓고
먼 데 산 바라다보며 눈물 짓네 오늘도.

박덕은 作 [복수초](2016)

뫼비우스 띠

- 황애라

바닥에는 아이들이 그려놓은 동그라미 몇 개,
재잘대는 웃음과 버무러져 콩콩 튀어 오른다
땅 따먹기 시절이 저만치 아련한 옷 입고서
총총 걸어올 때면
방향 잃은 시간도 저만치 비켜나
달빛으로 내려앉는다
허공에는
미끈한 버블 기둥이 세워지고
일상의 소리들이 걸어 나온다
때로는 불투명 속으로
빨려 들어간다
둘레와 너비가 충돌할 즈음
아이는 뫼비우스띠를 만든다
한 번 꼬아 붙인 자리에
손장난을 한다
안과 밖을 구별하지 않는 채
늘 줄다리기를 하고
손끝은 종이악기의 현을 타곤 한다

끊어내지 않고는 다시 되돌릴 수 없는 길
처음과 끝은 묘연한 상태로 영원을 이야기하지만
늘 모호한 경계의 시그널
그 애절한 마디마다 조각난 언어는
굴곡 따라
낯선 이방인처럼 웃는다.

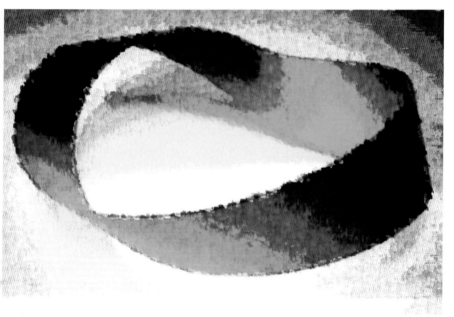

박덕은 作 [뫼비우스 띠](2016)

동백꽃

- 황애라

바다에 함박눈 왈칵 내리던 날
파도는 떼쓰는 아이처럼 울었고
수평선에 먼 시선 거두어
낡은 방문을 닫았다

벌어진 틈새
문풍지가 되어 가는 동안
빈자리 깁느라 손끝 뭉글어져 가고
붉어진 몸뚱이만
추운 밤 활활 타올랐다

모든 것이 소리 없이 익어 가고
시큰한 기억마저 해풍이 쓸어 가면
안으로 삭힌 열망 풀어
휘어질 듯 다시 서는 한 철
푸른 창 열고
살풋한 얼굴 내밀었다.

박덕은 作 [동백꽃](2016)

어떡하면 좋아요

- 황혜란

매운 바람 앉은 땅바닥에
칭얼대는 그리움
나뒹구는 날엔
어떡하면 좋아요

내일은 졸업식이라
더욱 보고 싶어
목소리 들리는 날엔
어떡하면 좋아요

꽃같이 눈부신
내 가슴속
시들어 버린 날엔
어떡하면 좋아요.

박덕은 作 [어떡하면 좋아요](2016)

겨울 단상

- 황혜란

불면의 밤에
더욱
보이는 세상

구멍 속으로
숨어든
바닷게처럼

땀으로도
눈물로도
어찌할 수 없어

묶여 버린
시간의 닻줄 끊어 버리고
나선 길

첫사랑 같은 눈이
자꾸만
자꾸만 내린다.

박덕은 作 [겨울 단상](2016)

박덕은 (닉네임:낭만대통령)

전남 화순 출생

〈중앙일보〉 신춘문예 문학평론 당선, 〈창조문학신문〉 신춘문예 시 당선, 〈광주일보〉 신춘문예 동화 당선, 문학박사, 전 전남대학교 교수, 국어국문학과장, 아프리카TV BJ, 전라남도 문화상, 한국아동문예상, 광주문학상, 계몽사 아동문학상 수상, 하운 문학상 수상, 시집으로 〈당신〉, 〈나는 매일 밤 바람과 함께 사라진다〉 등 23권, 문학이론서로 〈현대시 창작법〉 등 12권, 아동문학서로 〈살아 있는 그림〉 등 10권, 교양서 〈세계를 빛낸 사람들〉 시리즈 등 64권, 번역서로 〈소설의 이론〉 등 6권, 소설집으로 〈금지된 선택〉 등 7권, 건강서 〈비타민과 미네랄, 그리고 떠오르는 영양소〉 등 5권, 총 저서 125권 발간.

해학, 위트, 유머, 재치가 넘치는 그의 삶은 열정과 신념으로 가다듬은 125권의 저서에서 다채로운 향기를 풍기고 있다. 그리고 그 향기에 취한 '시를 사랑하는 사람들'과 함께 늘 시심을 가다듬기에 여념이 없다. 시를 쓰며 문학을 사랑하며 자신이 택한 길을 올곧게 달려가고 있는 그는 현재 서울을 비롯하여 광주, 나주, 순창, 울산, 곡성뿐만 아니라 미국, 베트남, 앙골라, 두바이, 캐나다 등까지 시향을 펼치기 위해 오늘도 정성과 최선을 다하고 있다.

그대에게 바치고픈 수집품들

- 박덕은

감나무 가지 끝 높이
바로 거기에 매달린
겨울에도 별이 되기를 꿈꾸는
까치밥 한 알,

감꽃일 때도, 땡감일 때도
비바람에 의연히 견디어 낸
옹고집 한 알,

홍시가 되기를 거부한
그렇다고 곶감이 되기도 거부한
외로움 한 알,

산속에서도 멀리 바다를 꿈꾸는
카누를 타고서 무서운 속력을 내고파
맨 꼭대기에서 하루 종일 칭얼대는
탐험심 한 알,

수천 길 폭포를 타고 내려가
여러 종교의 물살을 헤치고 나간 다음
열대 과일의 향기로 남고픈
첫사랑 한 알,

산호섬 바닷속의 바다거북처럼
한가로이 떠돌며 자유를 만끽하는
더불어 원주민의 북소리를 사모하는
영혼 한 알,

불빛 아래 야자열매가 쪼개지는 사이
불덩이를 먹는 축제가 벌어지고
정신없이 엉덩이춤을 춰대는
흥분 한 알,

배꼽춤이 아름다워 밤새 떠날 줄 모르는
보름달처럼 숨죽여 내려다보는
환상 한 알,

이 모든 나의 여행 수집품들을
이 시간 그대 순결한 가슴에 고이 바칩니다.

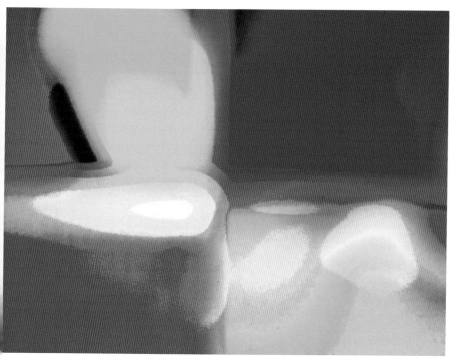

박덕은 作 [그대에게 바치고픈 수집품들](2016)

〈박덕은 프로필〉

* 前 전남대학교 교수
* 現 한실 문예창작 지도 교수
* 現 아프리카tv BJ

* 문학이론서 [현대시창작법] 등 16권
* 시집 [당신] 등 22권
* 소설집 [금지된 선택] 등 7권
* 번역서 [철학의 향기] 등 6권
* 아동문학서 [돼지의 일기] 등 10권
* 교양서 [성공DNA] 등 57권
* 건강서[미네랄과비타민,그리고떠오르는영양소등5권
* 총 저서 125권 발간
* 시인
* 소설가
* 문학평론가
* 희곡작가
* 동화작가
* 수필가
* 시조시인
* 사진작가(278점 전시회)
* 화가(900점 전시회)
* 전남대학교 문학석사
* 전북대학교 문학박사
* 한국시연구회 이사
* 한국아동문학 동화분과위원장
* 녹색문단 이사
* 00신문 신춘문예 심사위원
* 월간 [문학공간] 신인문학상 상임 심사위원
* 향그런 문학회 지도 교수
* 부드런 문학회 지도 교수
* 포시런 문학회 지도 교수
* 탐스런 문학회 지도 교수
* 온스런 문학회 지도 교수
* 덕스런 문학회 지도 교수
* 꽃스런 문학회 지도 교수
* 바로 문학회 지도 교수

* [중앙일보] 신춘문예 문학평론 당선
* [전남일보](現: 광주일보) 신춘문예 동화 당선
* [창조문학신문] 신춘문예 시 당선
* [시문학] 시 추천 완료
* [문학공간] 소설 추천신인상
* [문학세계] 희곡 신인문학상
* [아동문예] 소년소설 신인문학상
* [문예사조] 수필 신인문학상
* [시와 시인] 시조 청학신인상
* [아동문학평론] 동시 신인문학상
* [아동문학] 동시 신인문학상
* [문학공간] 본상(장편소설) 수상
* 하운 문학상(제1회)
* 계몽사 아동문학상 수상(제11회)
* 한국 아동 문화상 수상
* 한국 아동 문예상 수상
* 아동문예작가상 수상(제10회)
* 광주문학상 수상(제1회)
* 전라남도 문화상 수상(제35회)

〈박덕은 문학 이론서 발간 현황〉

제1문학이론서 〈현대시창작법〉
제2문학이론서 〈현대 소설의 이론〉
제3문학이론서 〈문학연구방법론〉
제4문학이론서 〈소설의 이론〉
제5문학이론서 〈현대문학비평의 이론과 응용〉
제6문학이론서 〈문체론〉
제7문학이론서 〈문체의 이론과 한국현대소설〉
제8문학이론서 〈한국현대소설의 이론과 적용〉
제9문학이론서 〈시의 이론과 창작〉
제10문학이론서 〈해금작가작품론〉
제11문학이론서 〈디코럼 언어영역〉
제12문학이론서 〈논술 고사 정복〉
제13문학이론서 〈심층면접 구술 고사 정복〉
제14문학이론서 〈둥글파 언어영역〉
제15문학이론서 〈논술교실〉
제16문학이론서 〈꿈샘 논술〉

〈박덕은 시집 발간 현황〉

제1시집 〈바람은 시간을 털어낸다〉

제2시집 〈거시기〉

제3시집 〈무지개 학교〉

제4시집 〈케노시스〉

제5시집 〈길트기〉

제6시집 〈갇힘의 비밀〉

제7시집 〈소낙비 오는 정오에〉

제8시집 〈자유人.사랑人〉

제9시집 〈나찾기〉

제10시집 〈지푸라기〉

제11시집 〈동심이 흐르는 강〉

제12시집 〈자그만 숲의 사랑 이야기〉

제13시집 〈사랑한다는 것은〉

제14시집 〈느낌표가 머무는 공간〉

제15시집 〈그대에게 소중한 사랑이 되어.1〉

제16시집 〈그대에게 소중한 사랑이 되어.2〉

제17시집 〈둥지 높은 그리움〉

제18시집 〈곶감 말리기〉

제19시집 〈사랑의 블랙홀〉

제20시집 〈나는 그대에게 늘 설레임이고 싶다〉

제21시집 〈내 가슴이 사고 쳤나 봐〉

제22시집 〈당신〉

제23시집 〈나는 매일 밤 바람과 함께 사라진다〉

〈박덕은 소설집 발간 현황〉

제1소설집 〈죽음의 키스〉

제2소설집 〈양귀비의 고백〉(풍류여인열전.1)

제3소설집 〈황진이의 고독〉(풍류여인열전.2)

제4소설집 〈일타홍의 계절〉(풍류여인열전.3)

제5소설집 〈이매창의 사랑일기〉(풍류여인열전.4)

제6소설집 〈서울아라비아나이트〉

제7소설집 〈금지된 선택〉

〈박덕은 번역서 발간 현황〉

제1번역서 〈소설의 이론〉

제2번역서 〈철학의 향기〉

제3번역서 〈사랑하는 사람 가슴에 심어주고픈 말〉

제4번역서 〈철학자의 터진 옷소매〉

제5번역서 〈세계 반란사〉

제6번역서 〈한국 반란사〉

〈박덕은 아동문학서 발간 현황〉

제1아동문학서 〈살아있는 그림〉

제2아동문학서 〈3001년〉

제3아동문학서 〈무지개학교〉

제4아동문학서 〈동심이 흐르는 강〉

제5아동문학서 〈곶감 말리기〉

제6아동문학서 〈서울 걸리버 여행기〉 261

제7아동문학서 〈돼지의 일기〉

제8아동문학서 〈해외 신화〉

제9아동문학서 〈마녀 헤르소의 모험〉(1권)

제10아동문학서 〈마녀 헤르소의 모험〉(2권)

〈박덕은 교양서 발간 현황〉

제1교양서 〈해학의 강〉

제2교양서 〈바보 성자〉

제3교양서 〈미네르바의 부영이는 황혼녘에 날은다〉

제4교양서 〈멋진 여자, 멋진 남자〉

제5교양서 〈우화 천국〉

제6교양서 〈나만 불행한 게 아니로군요〉

제7교양서 〈나만 행복한 게 아니로군요〉

제8교양서 〈나만 어리석은 게 아니로군요〉

제9교양서 〈행복한 바보 성자〉

제10교양서 〈느낌이 있는 꽃〉

제11교양서 〈흔들림이 있는 나무〉

제12교양서 〈사랑하는 사람 가슴에 심어주고픈 말〉

이상 총 저서 125권 발간

한실 문예창작 문우들의 빛나는 열매들

지도 교수 박덕은 박사의 제자들 신인문학상 수상 현황

노연희 시인(한실 문예창작 꽃스런 문학회)

임영희 시인(한실 문예창작 향그런 문학회)

정달성 시인(한실 문예창작 향그런 문학회)

이삼순 시인(한실 문예창작 향그런 문학회)

황혜란 시인(한실 문예창작 탐스런 문학회)

설미애 시인(한실 문예창작 포시런 문학회)

이수진 시인(한실 문예창작 포시런 문학회)

이영희 시인(한실 문예창작 꽃스런 문학회)

최선화 시인(한실 문예창작 꽃스런 문학회)

김이향 시인(한실 문예창작 탐스런 문학회)

유양업 시인(한실 문예창작 탐스런 문학회)

최길숙 시인(한실 문예창작 포시런 문학회)

이미자 시인(한실 문예창작 포시런 문학회)

박세연 시인(한실 문예창작 향그런 문학회)

김송월 시인(한실 문예창작 탐스런 문학회)

김관훈 시인(한실 문예창작 포시런 문학회)

전춘순 시인(한실 문예창작 포시런 문학회)

배종숙 시인(한실 문예창작 성스런 문학회)

김부배 시인(한실 문예창작 포시런 문학회)

윤희정 시인(한실 문예창작 향그런 문학회)

한승희 시인(한실 문예창작 둥그런 문학회)

정경옥 시인(한실 문예창작 둥그런 문학회)

황조한 시인(한실 문예창작 둥그런 문학회)

정봉애 시인(한실 문예창작 싱그런 문학회)

전지현 시인(한실 문예창작 싱그런 문학회)

전숙경 시인(한실 문예창작 포시런 문학회)

정회만 시인(한실 문예창작 부드런 문학회)

조정일 시인(한실 문예창작 둥그런 문학회)

박향미 시인(한실 문예창작 부드런 문학회)

정점례 시인(한실 문예창작 부드런 문학회)

박계수 시인(한실 문예창작 부드런 문학회)

황애라 시인(한실 문예창작 부드런 문학회)

위향환 시인(한실 문예창작 둥그런 문학회)

차은자 시인(한실 문예창작 향그런 문학회)

이후남 시인(한실 문예창작 포시런 문학회)

정순애 시인(한실 문예창작 싱그런 문학회)

최기숙 시인(한실 문예창작 부드런 문학회)

전금희 시인(한실 문예창작 포시런 문학회)

이숙재 시인(한실 문예창작 포시런 문학회)

임병민 시인(한실 문예창작 부드런 문학회)

강현옥 시인(한실 문예창작 포시런 문학회)

백인옥 시인(한실 문예창작 포시런 문학회)

손수영 시인(한실 문예창작 부드런 문학회)

이현숙 시인(한실 문예창작 부드런 문학회)

김태환 시인(한실 문예창작 포시런 문학회)

서정화 시인(한실 문예창작 싱그런 문학회)

송인영 시인(한실 문예창작 부드런 문학회)

문혜숙 시인(한실 문예창작 둥그런 문학회)

문재규 시인(한실 문예창작 포시런 문학회)

신점식 시인(한실 문예창작 포시런 문학회)

주경숙 시인(한실 문예창작 포시런 문학회)

주경희 시인(한실 문예창작 포시런 문학회)

이두원 시인(한실 문예창작 둥그런 문학회)

고경희 시인(한실 문예창작 둥그런 문학회)

이연정 시인(한실 문예창작 둥그런 문학회)

최태봉 시인(한실 문예창작 싱그런 문학회)

문인자 시인(한실 문예창작 싱그런 문학회)
김미경 시인(한실 문예창작 둥그런 문학회)
임종준 시인(한실 문예창작 해돋이 문학회)
윤상현 시인(한실 문예창작 해돋이 문학회)
권자현 시인(한실 문예창작 해돋이 문학회)
정연숙 시인(한실 문예창작 둥그런 문학회)
형광석 시인(한실 문예창작 둥그런 문학회)
김현정 시인(한실 문예창작 둥그런 문학회)
문영미 시인(한실 문예창작 싱그런 문학회)
이숙희 시인(한실 문예창작 싱그런 문학회)
허소영 시인(한실 문예창작 해돋이 문학회)
백옥순 시인(한실 문예창작 향그런 문학회)
이서영 시인(한실 문예창작 싱그런 문학회)
이호준 시인(한실 문예창작 향그런 문학회)
박홍순 시인(한실 문예창작 둥그런 문학회)

박은영 시인(한실 문예창작 향그런 문학회)
소귀옥 시인(한실 문예창작 싱그런 문학회)
박봉은 시인(한실 문예창작 포시런 문학회)
김은주 시인(한실 문예창작 둥그런 문학회)
장헌권 시인(한실 문예창작 해돋이 문학회)
김용숙 시인(한실 문예창작 부드런 문학회)
임순이 시인(한실 문예창작 싱그런 문학회)
김영욱 시인(한실 문예창작 해돋이 문학회)
김영순 시인(한실 문예창작 둥그런 문학회)
김혜숙 시인(한실 문예창작 둥그런 문학회)
김순정 시인(한실 문예창작 향그런 문학회)
고명순 시인(한실 문예창작 둥그런 문학회)
김옥희 시인(한실 문예창작 둥그런 문학회)
강정숙 시인(한실 문예창작 부드런 문학회)

☆ 시조 부문 신인문학상 수상자 ☆

김영순 시조 시인(한실 문예창작 탐스런 문학회)
배종숙 시조 시인(한실 문예창작 포시런 문학회)
강순옥 시조 시인(한실 문예창작 포시런 문학회)
김부배 시조 시인(한실 문예창작 포시런 문학회)
이인환 시조 시인(한실 문예창작 포시런 문학회)

☆ 수필 부문 신인문학상 수상자 ☆

김태현 수필가(한실 문예창작 탐스런 문학회)
최세환 수필가(한실 문예창작 탐스런 문학회)
유양업 수필가(한실 문예창작 탐스런 문학회)
임희정 수필가(한실 문예창작 탐스런 문학회)
김미경 수필가(한실 문예창작 탐스런 문학회)

지도 교수 박덕은 박사의 제자들 작품집 발간 현황

☆ 최세환 수필집 [그곳 봄은 맛있었다](도서출판 서영, 2016)

☆ 장헌권 제2시집 [아직 끝나지 않은 이야기](도서출판 서영, 2016)

☆ 유양업 수필집 [바람 따라 구름 따라 별빛 따라](도서출판 서영, 2016)

☆ 한실 문예창작 동인지 제11집 [마냥 좋아서](도서출판 서영, 2016)

☆ 이수진 제1시집 [그리움이라서](도서출판 서영, 2016)

☆ 배종숙 제1시집 [그리움 헤아리다](도서출판 서영, 2016)

☆ 최길숙 제1시집 [사랑은 시가 되어](도서출판 서영, 2016)

☆ 김부배 제2시집 [사랑의 콩깍지](도서출판 서영, 2016)

☆ 이인환 제1시집 [그리움 머문 자리](도서출판 서영, 2016)

☆ 이후남 제2시집 [한 잔 술에 가둘 수 없어](도서출판 서영, 2016)

☆ 전금희 제2시집 [그 누가 다녀간 것일까](도서출판 서영, 2015)

☆ 박봉은 제6시집 [당신에게 · 둘](도서출판 서영, 2015)

☆ 고영숙 시 · 산문집 [한가한 날의 독백]((도서출판 시와사람, 2015)

☆ 한실 문예창작 동인지 제10집 [처음 사랑](도서출판 서영, 2015)

☆ 유양업 시집 [오늘도 걷는다](도서출판 서영, 2015)

☆ 전춘순 시집 [내 사람 될 때까지](도서출판 서영, 2015)

☆ 김부배 시집 [첫사랑](도서출판 서영, 2015)

☆ 한실 문예창작 동인지 제9집 [보고픔이 자라고 자라서](도서출판 서영, 2014)

☆ 박봉은 제5시집 [유리인형](도서출판 서영, 2014)

☆ 김영순 제2시집 [풀꽃향 당신](도서출판 서영, 2013)

☆ 최기숙 시집 [마냥 좋기만 한 그대](도서출판 서영, 2013)

☆ 한실 문예창작 동인지 제8집 [꽃만 봐도 서러운 그날](도서출판 서영, 2013)

☆ 박봉은 제4시집 [비밀 일기](도서출판 서영, 2013)

☆ 최승벽 시집 [할 말은 가득해도](도서출판 서영, 2013)

☆ 이호준 시집 [단 한 번 사랑으로도](도서출판 서영, 2013)

☆ 문재규 시집 [바람이 열어 놓은 꽃잎](도서출판 서영, 2013)

☆ 이후남 시집 [쓸쓸함에 대하여](도서출판 서영, 2012)

☆ 전금희 시집 [가을은 어디나 빈자리가 없다](도서출판 서영, 2012)

☆ 주경희 시집 [작아지고 싶다](도서출판 서영, 2012)

☆ 신점식 시집 [이 환장할 봄날에](도서출판 서영, 2012)

☆ 박봉은 제3시집 [당신에게/하나](도서출판 서영, 2012)

☆ 한실 문예창작 동인지 제7집 [아직도 사랑인가 봐](도서출판 서영, 2012)

☆ 김미경 동시집 [유모차 탄 강아지](도서출판 서영, 2012)

☆ 박완규 시집 [사랑의 빈자리 될까 봐](도서출판 서영, 2011)

☆ 김순정 시집 [세월이 품은 그리움](도서출판 서영, 2011)

☆ 김숙희 시집 [또 한 번 스무 살이 되고 싶은 밤](도서출판 서영, 2011)

☆ 강만순 시집 [화장을 지우며](도서출판 서영, 2011)

☆ 장헌권 시집 [시가 영화를 만나다](도서출판 쿰란출판사, 2011)

☆ 박봉은 제2시집 [아시나요](도서출판 좋은땅, 2010)

☆ 정연숙 시집 [늘 곁에 있는 다른 나처럼](도서출판 좋은땅, 2010)

☆ 형광석 시집 [입술이 탄다](도서출판 한출판, 2010)

☆ 박봉은 제1시집 [당신만 행복하다면](도서출판 좋은땅, 2010)

☆ 신순복 제2시집 [내가 머무는 곳](도서출판 현대문예, 2010)

☆ 김성순 시집 [하얀 속울음까지 들켜 버렸잖아](도서출판 한출판, 2009)

☆ 김영순 제1시집 [고목나무에 꽃이 핀 사연](도서출판 심미안, 2009)

☆ 김태환 소설집 [바람벽](도서출판 서영, 2011)

지도 교수 박덕은 박사의 제자들 문학상 수상 현황

☆ 2016.7. 수원 문학상 수상-이혜정(한실문예창작 온스런 문학회)

☆ 2016.7. 수원 문학상 수상-강현옥(한실문예창작 부드런 문학회)

☆ 2016.7. 전국 장애인 인식개선 콘테스트 문학상 수상-김미경(한실문예창작 탐스런 문학회)

☆ 2016. 7. 충주문학관 장원 수상-김영순(한실 문예창작 탐스런 문학회)

☆ 2016. 6. 매일신문 시니어문학상 논픽션 부문 특선-이순복(한실 문예창작 온스런 문학회)

☆ 2016. 6. 매일신문 시니어문학상 시 부문 특선-이순복(한실 문예창작 온스런 문학회)

☆ 2016. 6. 지구사랑 문학상 수상-이담(한실 문예창작 부드런 문학회)

☆ 2016. 6. 지구사랑 문학상 수상-김재원(한실 문예창작 부드런 문학회)

☆ 2016. 6. 지구사랑 문학상 수상-이인환(한실 문예창작 포시런 문학회)

☆ 2016. 6. 지구사랑 문학상 수상-강현옥(한실 문예창작 부드런 문학회)

☆ 2016. 6. 지구사랑 문학상 수상- 이호준(한실 문예창작 탐스런 문학회)

☆ 2016. 6. 지구사랑 문학상 수상- 김부배(한실 문예창작 포시런 문학회)

☆ 2016. 6. 제1회 다독다독 문학상 수상-정경옥(한실 문예창작 탐스런 문학회)

☆ 2016. 6. 제1회 비바비 문학상 수상-황애라(한실 문예창작 부드런 문학회)

☆ 2016. 6. 용아 박용철 전국 백일장 시 부문 수상-황애라(한실 문예창작 부드런 문학회)

☆ 2016. 6. 용아 박용철 전국 백일장 시 부문 수상-김영순(한실 문예창작 탐스런 문학회)

☆ 2016. 6. 용아 박용철 전국 백일장 시 부문 수상-배종숙(한실 문예창작 포시런 문학회)

☆ 2016. 6. 용아 박용철 전국 백일장 시 부문 수상-이호준(한실 문예창작 탐스런 문학회)

☆ 2016. 6. 용아 박용철 전국 백일장 시 부문 수상-장헌권(한실 문예창작 부드런 문학회)

☆ 2016. 5. 부산 문화글판 문학상 수상-장헌권(한실 문예창작 부드런 문학회)

☆ 2016. 5. 안양 창작시 문학상 수상-황애라(한실 문예창작 부드런 문학회)

☆ 2016. 5. 안양 창작시 문학상 수상-김부배(한실 문예창작 포시런 문학회)

☆ 2016. 4. 제8회 전국장애인 문학상 수상-조경화(한실 문예창작 부드런 문학회)

☆ 2016. 4. 충주문학관 문학상 장원 수상-김부배(한실 문예창작 포시런 문학회)

☆ 2016. 3. 한겨레21 시 문학상 수상-장헌권(한실 문예창작 부드런 문학회)

☆ 2016. 3. 국민일보 신춘문예 시 수상-김숙희(한실 문예창작 부드런 문학회)

☆ 2016. 2. 샘터 문학상 수상-전지현(한실 문예창작 온스런 문학회)

☆ 2016. 2. 빛창 문학상 수상-황애라(한실 문예창작 부드런 문학회)

☆ 2016. 2. 어린이동아일보 문예상 수상-강창우(한실 문예창작 꿈스런 문학회)

☆ 2016. 2. 겨드랑이 클리닉 문학상 수상-이강수(한실 문예창작 꽃스런 문학회)

☆ 2016. 2. 충주문학관 문학상 장원 수상-이수진(한실 문예창작 꽃스런 문학회)

☆ 2015. 12. 그루비 문학상 수상-배종숙(한실 문예창작 성스런 문학회)

☆ 2015. 12. 충주문학관 문학상 왕중왕전 대상 수상-신명희(한실 문예창작 탐스런 문학회)

☆ 2015. 12. 충주문학관 문학상 왕중왕전 최우수상 수상-김정순(한실 문예창작 둥그런 문학회)

☆ 2015. 12. 충주문학관 문학상 왕중왕전 최우수상 수상-김지현(한실 문예창작 꿈스런 문학회)

☆ 2015. 12. 충주문학관 문학상 왕중왕전 우수상 수상-황애라(한실 문예창작 부드런 문학회)

☆ 2015. 12. 충주문학관 문학상 왕중왕전 우수상 수상-강현옥(한실 문예창작 부드런 문학회)

☆ 2015. 12. 충주문학관 문학상 왕중왕전 우수상 수상-장헌권(한실 문예창작 부드런 문학회)

☆ 2015. 12. 효사랑 문학상 수상-신명희(한실 문예창작 탐스런 문학회)

☆ 2015. 12. 백송 시낭송 대회 대상 수상-강현옥(한실 문예창작 부드런 문학회)

☆ 2015. 12. 한.아시아 시낭송 축제 대상 수상-정혜숙(한실 문예창작 향그런 문학회)

☆ 2015. 12. 충주문학관 문학상 으뜸상 수상-김정순(한실 문예창작 둥그런 문학회)

☆ 2015. 12. 폭력예방교육 슬로건 수상-박용훈(한실 문예창작 포시런 문학회)

☆ 2015. 11. 의정부 문학상 수상-강순옥(한실 문예창작 포시런 문학회)

☆ 2015. 11. 정읍사 문학상 수상-장헌권(한실 문예창작 부드런 문학회)

☆ 2015. 11. 빛창 문학상 수상-강현옥(한실 문예창작 부드런 문학회)

☆ 2015. 11. 곡성 작은도서관 백일장 수상-이인환(한실 문예창작 포시런 문학회)

☆ 2015. 11. 곡성 작은도서관 백일장 수상-최세환(한실 문예창작 탐스런 문학회)

☆ 2015. 11. 곡성 작은도서관 백일장 수상-장헌권(한실 문예창작 부드런 문학회)

☆ 2015. 11. 곡성 작은도서관 백일장 수상-박세연(한실 문예창작 향그런 문학회)

☆ 2015. 11. 곡성 문학상 일반부 대상 수상-이혜정(한실 문예창작 온스런 문학회)

☆ 2015. 11. 곡성 문학상 수상-임진숙(한실 문예창작 길스런 문학회)

☆ 2015. 11. 곡성 문학상 초등부 대상 수상-강창우(한실 문예창작 꿈스런 문학회)

☆ 2015. 11. 곡성 문학상 수상- 강승우(한실 문예창작 꿈스런 문학회)

☆ 2015. 11. 곡성 문학상 수상-김영희(한실 문예창작 꿈스런 문학회)

☆ 2015. 11. 곡성 문학상 수상-박건우(한실 문예창작 꿈스런 문학회)

☆ 2015. 11. 충주문학관 문학상 수상-장헌권(한실 문예창작 부드런 문학회)

☆ 2015. 10. 제2회 경북일보 문학대전 문학상 수상-황애라(한실 문예창작 부드런 문학회)

☆ 2015. 10. 뇌연구원 문학상 장원 수상-최세환(한실문예문학 탐스런 문학회)

☆ 2015. 10. 교정학술문예 문학상 수상-신명희(한실문예창작 탐스런 문학회)

☆ 2015. 10. 한민족 통일 문예제전 문학상 수상-강현옥(한실 문예창작 부드런 문학회)

☆ 2015. 10. 한민족 통일 문예제전 문학상 수상-황애라(한실 문예창작 부드런 문학회)

☆ 2015. 10. 한양대 ERICA 문학상 우수상 수상-황애라(한실 문예창작 부드런 문학회)

☆ 2015. 10. 목포 문학상 동화 부문 대상 수상-정은희(한실 문예창작 길스런 문학회)

☆ 2015. 10. 충주문학관 문학상 으뜸상 수상-김지현(한실 문예창작 꿈스런 문학회)

☆ 2015. 10. 충주문학관 문학상 우수상 수상-강현옥(한실 문예창작 부드런 문학회)

☆ 2015. 10. 직지문학상 대상 수상-최세환(한실 문예창작 탐스런 문학회)

☆ 2015. 10. 직지문학상 수상-신명희(한실 문예창작 탐스런 문학회)

☆ 2015. 9. 하동국제문화제 문학상 수상-황애라(한실 문예창작 부드런 문학회)

☆ 2015. 9. 하동국제문화제 문학상 수상-이지윤(한실 문예창작 포시런 문학회)

☆ 2015. 9. 충주문학관 문학상 으뜸상(일반부 대상) 수상-신명희(한실 문예창작 탐스런 문학회)

☆ 2015. 9. 충주문학관 문학상 우수상 수상-황애라(한실 문예창작 부드런 문학회)

☆ 2015. 8. 나누리병원 문학상 수상-황애라(한실 문예창작 부드런 문학회)

☆ 2015. 8. 공작산 생태숲 문학상 수상-박건우(한실 문예창작 길스런 문학회)

☆ 2015. 8. 빛창 문학상 수상-강현옥(한실 문예창작 부드런 문학회)

☆ 2015. 7. 실버 시니어 문학상 수상-최세환(한실 문예창작 탐스런 문학회)

☆ 2015. 4. 미래에셋 예술 공모전 우수상 수상-신명희(한실 문예창작 탐스런 문학회)

☆ 2015. 4. 미래에셋 예술 공모전 최우수상 수상-김태현(한실 문예창작 탐스런 문학회)

☆ 2015. 3. 국민일보 신춘문예 수상-황애라(한실 문예창작 부드런 문학회)

☆ 2014. 12. 백호백일장 대회 수상-장순자(한실 문예창작 부드런 문학회)

☆ 2014. 12. 신진예술가상 수상-강현옥(한실 문예창작 부드런 문학회)

☆ 2014. 11. 동서문학상 수상-정예영(한실 문예창작 둥그런 문학회)

☆ 2014. 5. 장애인 고용지원 인식개선 문화제 수상-김미경(한실 문예창작 둥그런 문학회)

☆ 2013. 3. 전국장애인근로자문화제 수상-김미경(한실 문예창작 둥그런 문학회)

☆ 2013. 3. 국민일보 신춘문예 수상-정예영(한실 문예창작 둥그런 문학회)

☆ 2013. 3. 창조문학신문 신춘문예 수상-이지혜(한실 문예창작 향그런 문학회)

☆ 2013. 3. 창조문학신문 신춘문예 수상-김정순(한실 문예창작 둥그런 문학회)

☆ 2012. 11. 동서문학상 금상 수상-임미형(한실 문예창작 향그런 문학회)

☆ 2011. 5. 크리스천 신춘문예 수상-이인덕(한실 문예창작 향그런 문학회)

☆ 2011. 4. 국시원 공모 수상-강현옥(한실 문예창작 부드런 문학회)

☆ 2010. 11. 동서문학상 맥심상 수상-강만순(한실 문예창작 싱그런 문학회)

☆ 2010. 1. 한꿈 한마당 백일장 수상-임미형(한실 문예창작 향그런 문학회)

☆ 2010. 1. 한꿈 한마당 백일장 수상-양은정(한실 문예창작 싱그런 문학회)

☆ 2010. 1. 한꿈 한마당 백일장 수상-임순이(한실 문예창작 싱그런 문학회)

☆ 2010. 1. 한꿈 한마당 백일장 수상-진자영(한실 문예창작 향그런 문학회)

☆ 2010. 1. 한꿈 한마당 백일장 수상-소귀옥(한실 문예창작 싱그런 문학회)

☆ 2010. 1. 한꿈 한마당 백일장 수상-김혜숙(한실 문예창작 둥그런 문학회)

☆ 2010. 1. 한꿈 한마당 백일장 수상-김영순(한실 문예창작 탐스런 문학회)

☆ 2010. 1. 한꿈 한마당 백일장 수상-김영욱(한실 문예창작 향그런 문학회)

☆ 2010. 1. 한꿈 한마당 백일장 수상-김성순(한실 문예창작 부드런 문학회)

☆ 2010. 1. 한실문학상 대상-김용숙(한실 문예창작 부드런 문학회)

☆ 2010. 1. 한실문학상 최우수상-임미형(한실 문예창작 향그런 문학회)

☆ 2009. 10. 약사 문예상 수상-김성순(한실 문예창작 싱그런 문학회)

☆ 2008. 10. 전북 여성백일장 대회 수상-최자현(한실 문예창작 싱그런 문학회)

☆ 2008. 6. 제9회 동서커피문학상 수상-양은정(한실 문예창작 싱그런 문학회)

☆ 2007. 10. 광주 여성백일장 대회 수상-김아름(한실 문예창작 둥그런 문학회)

☆ 2007. 10. 전남 여성백일장 대회 수상-박미선(한실 문예창작 부드런 문학회)

☆ 2007. 9. 광주 문인협회 백일장 대회 수상-김용숙(한실 문예창작 부드런 문학회)

☆ 2007. 9. 광주 문인협회 백일장 대회 수상-이지혜(한실 문예창작 향그런 문학회)

☆ 2007. 9. 광주 문인협회 백일장 대회 수상-홍금주(한실 문예창작 부드런 문학회)

☆ 2007. 9. 광주 문인협회 백일장 대회 수상-이남옥(한실 문예창작 둥그런 문학회)

☆ 2007. 9. 광주 문인협회 백일장 대회 수상-임미형(한실 문예창작 향그런 문학회)

☆ 2007. 9. 광주 시인협회 백일장 대회 수상-임미형(한실 문예창작 향그런 문학회)

☆ 2007. 9. 국립공원 시인마을 작품 공모전 수상-정영숙(한실 문예창작 싱그런 문학회)

☆ 2007. 9. 국립공원 시인마을 작품 공모전 수상-신명회(한실 문예창작 탐스런 문학회)

☆ 2007. 9. 국립공원 시인마을 작품 공모전 수상-형재은(한실 문예창작 부드런 문학회)

☆ 2007. 9. 전남광주 여성 백일장 대회 수상-김성순(한실 문예창작 부드런 문학회)

☆ 2007. 9. 전남광주 여성 백일장 대회 수상-양은정(한실 문예창작 싱그런 문학회)

☆ 2007. 5. 제8회 시흥시 문학상 수상-김성순(한실 문예창작 부드런 문학회)

한실 문예창작 문우들의 작품집

오늘의 詩選集 Series

오늘의 詩選集 제1권

화장을 지우며
강만순 지음 / 144면

오늘의 詩選集 제2권

또 한 번 스무 살이 되고 싶은 밤
김숙희 지음 / 160면

오늘의 詩選集 제3권

사랑의 빈자리 될까 봐
박완규 지음 / 144면

오늘의 詩選集 제4권

유모차 탄 강아지
김미경 지음 / 112면

오늘의 詩選集 제5권

이 환장할 봄날에
신점식 지음 / 176면

오늘의 詩選集 제6권

작아지고 싶다
주경희 지음 / 176면

오늘의 詩選集 제7권

가을은 어디나 빈자리가 없다
전금희 지음 / 176면

오늘의 詩選集 제8권

쓸쓸함에 대하여
이후남 지음 / 176면

오늘의 詩選集 제9권

바람이 열어 놓은 꽃잎
문재규 지음 / 220면

오늘의 詩選集 제10권

단 한 번 사랑으로도
이호근 지음 / 176면

오늘의 詩選集 제11권

할 말은 가득해도
최승벽 지음 / 176면

오늘의 詩選集 제12권

비밀 일기
박봉은 지음 / 176면

오늘의 詩選集 제13권

꽃만 봐도 서러운 그날
한실 문예창작 동인지 제8집

오늘의 詩選集 제14권

마냥 좋기만 한 그대
최기숙 지음 / 176면

오늘의 詩選集 제15권

풀꽃향 당신
김영순 지음 / 176면

오늘의 詩選集 제16권

유리인형
박봉은 지음 / 176면

오늘의 詩選集 제17권

보고픔이 자라고 자라서
한실 문예창작 동인지 제9집

오늘의 詩選集 제18권

첫사랑
김부배 지음 / 176면

오늘의 詩選集 제19권

나는 매일 밤 바람과 함께 사라진다
박덕은 지음 / 240면

오늘의 詩選集 제20권

오늘도 걷는다
유양업 지음 / 176면

오늘의 詩選集 제21권

내 사람 될 때까지
전춘순 지음 / 176면

오늘의 詩選集 제22권

처음 사랑
한실 문예창작 동인지 제10집

오늘의 詩選集 제23권

당신에게 · 둘
박봉은 지음 / 176면

오늘의 詩選集 제24권

그 누가 다녀간 것일까
전금희 지음 / 206면

오늘의 詩選集 제25권

한 잔 술에 가둘 수 없어
이후남 지음 / 164면

오늘의 詩選集 세26권

그리움 머문 자리
이인환 지음 / 176면

오늘의 詩選集 제27권

사랑의 콩깍지
김부배 지음 / 176면

오늘의 詩選集 제28권

사랑은 시가 되어
최길숙 지음 / 176면

오늘의 詩選集 제29권

그리움이라서
이수진 지음 / 176면

오늘의 詩選集 제30권

그리움 헤아리다
배종숙 지음 / 176면

오늘의 詩選集 제31권

아직 끝나지 않은 이야기
장헌권 지음 / 176면

오늘의 詩選集 제32권

마냥 좋아서
한실 문예창작 동인지 제11집

한실 문예창작 동인지

한실 문예창작 동인지 제1집
『한꿈』

한실 문예창작 동인지 제2집
『한꿈』

한실 문예창작 동인지 제3집
『당신의 쓸쓸함은 안녕하십니까』

한실 문예창작 동인지 제4집
『목련은 흔들리고 있다』

한실 문예창작 동인지 제5집
『그래도 한쪽 가슴은 행복합니다』

한실 문예창작 동인지 제6집
『좋은 걸 어떡해』

한실 문예창작 동인지 제7집
『아직도 사랑인가 봐』

한실 문예창작 동인지 제8집
『꽃만 봐도 서러운 그날』

한실 문예창작 동인지 제9집
『보고픔이 자라고 자라서』

한실 문예창작 동인지 제10집
『처음 사랑』

한실 문예창작 동인지 제11집
『마냥 좋아서』

개별 작품집

고목나무에 꽃이 핀 사연
김영순 시집

당신만 행복하다면
박봉은 제1시집

시가 영화를 만나다
장헌권 시집

아시나요
박봉은 제2시집

하얀 속울음까지 들켜 버렸잖아
김성순 시집

당신에게.하나
박봉은 제3시집

세월이 품은 그리움
김순정 시집

사색은 강물 따라
권자현 시집

입술이 탄다
형광석 시집

내가 머무는 곳
신순복 시집

늘 곁에 있는 다른 나처럼
정연숙 시집

당신
박덕은 시집